Kristina Ohlsson

Glaskinder

DIE AUTORIN

Kristina Ohlsson, Jahrgang 1979, arbeitete im schwedischen Außen- und Verteidigungsministerium als Expertin für EU-Außenpolitik und Nahostfragen, bei der nationalen schwedischen Polizeibehörde in Stockholm und als Terrorismus-Expertin bei der OSZE in Wien. Mit ihrem Debütroman Aschenputtel gelang ihr sofort der internationale Durchbruch als Thrillerautorin. Mit *Glaskinder, Silberjunge* und *Steinengel* hat sie eine in Schweden wie auch international gefeierte und ausgezeichnete Romanserie für Kinder und Jugendliche geschaffen.

Von der Autorin ist bereits bei cbt/cbj erschienen:
Silberjunge (Band 2, 31152)
Steinengel (Band 3, 31363)
Das Geheimnis von Hester Hill (17514)

Kristina Ohlsson

GLAS KINDER

Aus dem Schwedischen
von Susanne Dahmann

cbt

Bei diesem Buch wurden die durch das verwendete Material und die Produktion entstandenen CO_2-Emissionen ausgeglichen, indem der cbj Verlag ein Projekt zur Aufforstung in Brasilien unterstützt.
Weitere Informationen zu dem Projekt unter:
www.ClimatePartner.com/14044-1912-1001

FSC www.fsc.org MIX Papier | Fördert gute Waldnutzung FSC® C014496

Penguin Random House Verlagsgruppe
FSC® N001967

Wir produzieren Klimaneutral ClimatePartner.com/14044-1912-1001 Druckprodukt

6. Auflage
Erstmals als cbt Taschenbuch Februar 2017

Die Originalausgabe erschien 2013 unter dem Titel »Glasbarnen«
bei Lilla Piratförlaget AB, Stockholm

Aus dem Schwedischen von Susanne Dahmann
Lektorat: Carola Henke
Umschlaggestaltung: Semper Smile nach einer Vorlage von
Gediminas Skyrius und Nieko rimto.
Umschlagillustration: Gediminas Skyrius.
mg · Herstellung: LW
Satz: KCFG – Medienagentur, Neuss
Druck: GGP Media GmbH, Pößneck
ISBN 978-3-570-31125-7
Printed in Germany

www.cbj-verlag.de

1.

Niemand wusste, wohin die Leute, die vorher in dem Haus gewohnt hatten, verschwunden waren. Eines Tages im vorigen Sommer hatten sie einfach ihre Sachen zusammengepackt und waren weggezogen. Seither hatte das Haus leer gestanden.

»Die haben mich im Juni angerufen«, sagte der Mann, der Billie und ihrer Mutter alles zeigte. »Haben nur gesagt, dass der Vater eine neue Arbeit bekommen hätte und dass sie sofort umziehen müssten. Und dann haben sie gefragt, ob ich ihnen beim Verkauf des Hauses helfen könnte.«

Er schüttelte den Kopf und ging vor ihnen die Treppe zur Eingangstür hinauf. Billie merkte, wie Zweifel in ihr aufstiegen. Sollten sie hier jetzt etwa wohnen? Ihre Mutter drehte sich um und lächelte sie mit diesem neuen Lächeln an, das sie erst hatte, seit Papa voriges Jahr krank geworden war. So ein trauriges Lächeln, bei dem Billie immer an Clowns im Zirkus denken musste.

Der Mann schloss die Haustür auf und betrat das Haus. Billie und ihre Mutter folgten ihm.

»Natürlich konnte ich nicht Nein sagen, als sie mich um Hilfe gebeten haben«, sagte der Mann. »Eigentlich bin ich ja kein Makler, aber ein Haus verkaufen kann ja wohl jeder. Bloß als sie ausgezogen sind, hatte ich keine Zeit, mich um den Verkauf zu kümmern. Dann kam der Herbst und danach der Winter, und da habe ich sie angerufen und gesagt, es wäre wohl das Beste, bis zum nächsten Sommer zu warten.«

»Haben denn schon viele Leute das Haus angeschaut?«, fragte Billies Mutter.

Der Mann zögerte, ehe er antwortete.

»Na ja«, meinte er, »nicht viele, aber schon einige. Und mehrere davon waren interessiert.«

Billie war sich sicher, dass der Mann log. Sie hörte es einfach ganz deutlich an der Stimme, wenn jemand nicht die Wahrheit sagte. So wie damals, als sie ihre Mutter gefragt hatte, ob Papa sterben würde, und sie geantwortet hatte, dass er das natürlich nicht tun würde. Da hatte Billie sofort gewusst, dass sie log.

Der Mann führte sie durch das Haus. Im oberen Stockwerk gab es zwei superkleine Schlafzimmer mit Dachschräge. Im Erdgeschoss waren Küche, Wohnzimmer, ein kleines Gästezimmer und ein Badezimmer.

»Kleine Küche«, sagte Billie.

»Für uns reicht sie«, erwiderte ihre Mutter.

Billie sah sich um. Das Haus war alt. In dem Informationsblatt, das der Mann ihnen gegeben hatte, stand, dass es vor fast hundert Jahren gebaut worden war. Ein blau gestrichenes Holzhaus. Die Farbe blätterte ab, das hatte sie schon gesehen, als sie im Garten stand.

»Die haben das Ganze vor ein paar Jahren frisch gestrichen«, sagte der Mann. »Vorher war es gelb.«

Sie standen oben in einem der Schlafzimmer, und Billie fand, dass man die Luft im Raum nur schwer atmen konnte. Es roch komisch, als ob die letzten zwanzig Jahre niemand in diesem Haus gewohnt hätte. Sie scherte sich nicht drum, ob das Haus früher grün oder gelb oder schwarz gewesen war, sie wollte einfach nur weg und wieder nach Hause.

Nach Hause. Zu dem Haus in Kristianstad, wo sie die ganzen zwölf Jahre ihres Lebens verbracht hatte und aus dem sie nie ausziehen wollte. Ihre Mutter war der Meinung, dass sie jetzt, da sie nur noch zu zweit waren, wegziehen müssten. Nach Åhus, einem kleineren, etwa zwanzig Kilometer entfernten Ort, in dem sie aufgewachsen war. Billie fand, dass sie es gut hatten, so wie es jetzt war. Und sie würden Papa nicht zurückbekommen, indem sie das Haus wechselten.

»Das ist schön mit dem Blau«, sagte Billies Mutter. »Gelb ist auch hübsch, aber die früheren Besitzer wollten ja wohl blau. Wie lange haben sie hier gewohnt?«

Sie gingen aus dem Schlafzimmer.

Der Mann antwortete ausweichend.

»Ich weiß es nicht mehr genau. Drei, vier Jahre vielleicht. Wie gesagt, sie sind etwas überstürzt ausgezogen, weil die Mutter eine neue Arbeit bekommen hatte.«

»War es nicht der Vater?«, fragte Billie.

Der Mann sah sie streng an.

»Nein, es war die Mutter.«

Es wurde still und Billie hörte ein Geräusch vom Dach. Es klang, als würde jemand mit flinken Füßen über die Dachziegel rennen.

»Vögel«, sagte der Mann. »An das Geräusch gewöhnt man sich.«

Billie schauderte es. Das Haus war unangenehm. Kalt und schmutzig.

Und dann hatten die vorherigen Besitzer all ihre Möbel zurückgelassen. Ihre Mutter sah ihren Blick und fragte den Mann, wann die Leute denn die Möbel zu holen gedächten.

Der Mann räusperte sich.

»Also, wenn ich das richtig verstanden habe, dann wird das Haus möbliert verkauft«, erklärte er. »Oder gar nicht.«

Billies Mutter war erstaunt.

»Sie meinen, wenn ich die Möbel nicht mit kaufe, kann ich das Haus nicht bekommen?«

»Sie müssen nichts dafür bezahlen«, beeilte sich der Mann zu sagen, »doch es wird niemand kommen und sie wegschaffen.«

»Verstehe«, sagte Billies Mutter, aber Billie sah, dass sie das ganz und gar nicht verstand.

Wer zog denn um, ohne seine Sachen mitzunehmen?

»Ich gehe mal in den Garten hinaus und warte, dann können Sie sich ein wenig allein umsehen«, sagte der Mann und stieg die Treppe hinunter.

Sie hörten, wie er die Haustür schloss, und bald konnten sie ihn durchs Fenster im Garten sehen.

»Na, was meinst du?«, fragte Billies Mutter. »Die Möbel musst du dir natürlich wegdenken, die sollen nicht bleiben. Und dann musst du dir vorstellen, dass wir das Haus so streichen und renovieren, wie es uns gefällt.«

Billie hatte einen Kloß im Hals. Es war erst ein knappes Jahr her, dass sie ihr Zimmer im Haus in der Stadt hatte neu streichen dürfen. Ihr Vater hatte ihr geholfen, und sie hatten sich gewundert, warum er so schnell müde wurde, und weshalb ihm sein Rücken so wehtat.

»Ich will nicht in Åhus wohnen«, sagte sie. »Hier habe ich keine Freunde, alle, die ich kenne, wohnen in der Stadt. Und außerdem mag ich das Haus nicht.«

»Was ist denn verkehrt an dem Haus?«, fragte ihre Mutter.

Billie wusste nicht, wo sie anfangen sollte. Überall war es staubig und die Fenster waren so schmutzig. Die Vögel hüpften auf dem Dach hin und her und es knackte in Wänden und Fußböden.

»Es ist so ... so alt«, sagte Billie schließlich.

»Aber mein Liebes, das ist unser Haus in der Stadt doch auch.«

Billies Augen juckten, sie rieb sich das Gesicht mit dem Pulloverärmel.

Sie mochte das Haus ganz einfach nicht.

»Ich geh mal wieder runter«, sagte ihre Mutter. »Komm einfach nach, wenn du dir alles angeschaut hast.«

Die Treppe knarzte unter ihren Schritten, und bald hörte Billie, wie sie in der Küche die Schränke auf- und zumachte.

Billie ging in das zweite Schlafzimmer, das ihres werden würde, wenn sie hierher zögen. Es war voller Sachen, Bücherregalen und anderen Möbeln. An der einen Wand stand ein Bett mit grüner Tagesdecke, und in einer Ecke ein Schreibtisch aus Holz, den jemand rosa gestrichen hatte. Auf dem Schreibtisch lagen ein Malblock und Malkreiden und direkt daneben ein Stapel Zeichnungen. Es sah aus, als ob hier eben noch jemand gesessen und gemalt hätte, um dann einfach aufzustehen und zu gehen.

Und nie wieder zurückzukommen.

2.

Vier Wochen später zogen sie ein. Billie konnte kaum begreifen, wie das so schnell gegangen war.

»Ich will, dass wir hier wohnen«, sagte ihre Mutter.

Und so kam es.

Weil ihre Mutter in Åhus aufgewachsen war und behauptete, dass sie sich immer wieder dahin zurückgesehnt habe. Weil sie wollte, dass sie an einem anderen Ort in der Nähe von Kristianstad neu anfingen.

Billie hatte keine Kraft, zu streiten. Wenigstens war ihre Mutter damit einverstanden, dass sie weiter in der Stadt in die Schule ging, zusammen mit ihren alten Klassenkameraden.

»Wir müssen putzen«, sagte sie, als sie ihre Umzugskartons reintrugen.

Das fand Billie auch.

Es war Juli. Die Sommerferien waren in vollem Gange, und Billie konnte sich nicht mehr erinnern, was sie mit all ihrer Zeit angefangen hatte, seit das Schuljahr vorbei war. Ihre Freundinnen schienen es cool zu finden, dass sie nach Åhus zog. Da konnten sie in den Ferien kommen und sie besuchen. Zum Strand radeln und baden. Am Hafen Eis essen. Billie hatte versucht, ebenso fröhlich zu klingen wie die Freundinnen, doch es gelang ihr nicht. Sie dachte nur an all den Staub und den Schmutz und an all die Sachen, die die vorige Familie zurückgelassen hatte.

Es war fast, als würden sie noch in dem Haus wohnen.

In der Woche vor ihrem Umzug hatten Billie und ihre Mutter Billies Großeltern väterlicherseits in Lund besucht. Opa hatte den Grill angeworfen und Oma hatte neue Kartoffeln gekocht. Die beiden schienen es auch richtig zu finden, wenn sie umzögen.

»Es wird euch guttun, wenn ihr neu anfangt«, sagte Oma und strich Billie über die Wange.

Dann begann sie zu weinen, und Opa hustete angestrengt und sagte, der Rauch vom Grill würde ihm in den Augen beißen. Aber Billie sah, dass er auch traurig war.

Als ihr Vater gestorben war, hatte Billie so viel geweint, dass sie meinte, sie hätte keine Tränen mehr. Doch sie musste immer wieder weinen. Meistens nachts, aber manchmal auch mitten am Tag. Kein Winter und kein Frühling waren je so schrecklich gewesen.

Das Haus in der Stadt hatten sie immer noch, doch es sollte bald zum Verkauf angeboten werden. Billie hoffte, dass niemand es ansehen würde, damit sie gezwungen wären, wieder nach Hause zu ziehen. Der Makler meinte, man könne das Haus leichter verkaufen, wenn noch Möbel darin stünden. Deshalb hatte ihre Mutter entschieden, dass sie gut noch damit warten konnten, mit all ihren Sachen in das neue Haus zu ziehen.

»Da sind ja noch so viele Möbel, und es wird seine Zeit dauern, das alles wegzuwerfen«, erklärte sie.

Doch da machte Billie nicht mit.

»Nie im Leben lege ich mich in deren alte, eklige Betten!«, rief sie.

Da war ihre Mutter gleicher Meinung. Die Betten würden sie austauschen, aber den Rest konnten sie benutzen.

Es war ein heißer Tag, als sie ihre Sachen reintrugen. Billie sammelte die Dinge ein, die in ihrem Zimmer herumlagen, und warf sie in große Kartons, die sie mitgebracht hatten. Sie räumte den rosafarbenen Schreibtisch auf, der aussah, als ob eben noch jemand daran gesessen und gemalt hätte. Vorsichtig nahm sie die Zeichnungen, die dort lagen. Sie war sich nicht sicher, glaubte aber, dass ein Mädchen sie gemacht hatte. Die meisten waren schwarz-weiß. Nur einige wenige waren bunt ausgemalt worden.

Auf den Zeichnungen waren unterschiedliche Sachen zu sehen.

Eine große Katze, die auf einem Stein saß.

Eine Menge Bäume, die, wie Billie meinte, wohl einen Wald darstellen sollten. Hinter einem der Baumstämme sah ein Junge hervor.

Eine andere Zeichnung zeigte ein Mädchen, das sehr wütend aussah.

Billie legte die Zeichnungen ganz unten in den Karton und bedeckte sie mit anderen Dingen. Sie mochte es nicht, dass die Spuren der Vorbewohner so deutlich sichtbar waren. Ihre Mutter redete davon, dass sie neu anfangen sollten, aber wie sollte sich in so einem alten Haus irgendetwas neu anfühlen?

Da stand plötzlich ihre Mutter in der Tür.

»Ich wollte was einkaufen gehen. Willst du mitkommen?«

Billie dachte nach. Nein, sie wollte nicht einkaufen.

»Okay«, sagte ihre Mutter. »Ich bin gleich wieder zurück.«

Und so war Billie zum ersten Mal in dem neuen Haus allein.

3.

Nachdem ihre Mutter gegangen war, wurde es ganz still im Haus. Billie tat die letzten Sachen, die sie aus dem Zimmer heraushaben wollte, in einen Karton und ging ins Erdgeschoss, um den Staubsauger zu holen. Ihre Mutter hatte die Haustür offen gelassen, als sie ging, und Billie lief schnell hin, machte sie zu und schloss ab.

In dem Moment hörte sie in einem der Zimmer ein Fenster schlagen. Leise schlich sie ins Wohnzimmer, doch dort waren alle Fenster zu. Billie blieb ganz still stehen und horchte. Das Geräusch war immer noch zu hören, kam aber von woanders.

Dann sah sie etwas, das sie einen Moment lang das Geräusch vergessen ließ.

Die Deckenlampe im Wohnzimmer.

Die bewegte sich. Langsam schwang sie hin und her, wie das Pendel einer alten Uhr.

Das muss der Wind sein, dachte Billie. Doch im Wohnzimmer waren keine Fenster geöffnet. Wie konnte da die Lampe hin und her schwingen?

Sie ging ins Gästezimmer. Hier war fast der ganze Fußboden vollgestellt mit Kartons und Kram. Billie war erleichtert, als sie sah, dass das Fenster weit offen stand. Schnell machte sie es zu. Das war wie mit der Tür, sie traute sich einfach nicht, das Fenster offen zu lassen. Und sie traute sich auch nicht, die Lampe im Wohnzimmer anzusehen. Was, wenn die sich nun immer noch bewegte!

In einer Ecke bei der Tür fand Billie den Staubsauger. Irgendwie hatte sie noch nie so seltsame Sommerferien gehabt. Sommerferien ausgefüllt mit Umzug und Putzen. Sommerferien ohne ihren Vater. Sie zwang sich, tief Luft zu holen.

Als Billie den Staubsauger hochhob, fiel ihr Blick auf einen kleinen Tisch. Der war niedrig wie ein Couchtisch, aber viel kleiner. Wozu man den wohl benutzte? Vielleicht war es so ein Tisch wie der, auf den ihre Oma Blumentöpfe stellte.

Das Tischchen war mit einer dicken Staubschicht bedeckt, aber Billie konnte trotzdem sehen, dass es bunt war. Die Beine waren aus Metall und die Tischplatte bestand aus kleinen, blanken Steinen in Blau, Rot und Gold. Vorsichtig zog sie mit dem Finger einen Strich durch den Staub und sah die Steine glänzen. Das war die erste schöne Sache, die sie im Haus entdeckte. Sie würde ihre Mutter fragen, ob sie das Tischchen nach oben in ihr Zimmer mitnehmen durfte.

Während sie den Staubsauger hochtrug, musste sie wieder an die Lampe denken, die an ihrem Haken in der Decke geschwungen hatte. Vollkommen klar, dass es der Durchzug aus dem Gästezimmer gewesen war, der die Lampe in Bewegung gesetzt hatte. Was denn sonst?

Langsam verschwand die Sonne hinter den Wipfeln der hohen Kiefern, die auf der anderen Seite der Straße gegenüber von ihrem Haus wuchsen. Billie und ihre Mutter saßen auf der Terrasse und aßen Spaghetti mit Hackfleischsoße.

»Sollen wir nicht nachher mal zum Meer radeln und ein abendliches Bad nehmen?«, fragte ihre Mutter, und ihre Augen glänzten. »Ich glaube, das haben wir uns nach all der Arbeit verdient.«

Radfahren und am Abend baden gehen. Das klang so behaglich. Billie trank schnell ihre Milch aus und gemeinsam machten sie sich auf den Weg.

»Was, glaubst du, ist mit der vorigen Familie passiert?«, fragte Billie, nachdem sie eine Weile schweigend geradelt waren.

»Wie passiert?«, fragte ihre Mutter.

»Ja, ich weiß nicht recht, aber ist das nicht komisch, dass sie einfach weg sind und so viele Sachen dagelassen haben?«

»Schon«, gab ihre Mutter zu. »Ein bisschen komisch ist das, dass sie Hals über Kopf verschwunden sind. Aber so ist das manchmal. Die Gegebenheiten können sich schnell ändern.«

Dann sprachen sie nicht mehr, bis sie am Strand ankamen.

Das Wasser war blau und kühl. Auch nicht der kleinste Windhauch kräuselte die glatte Oberfläche. Billie ging nur bis zu den Knien hinein, doch ihre Mutter rannte an ihr vorbei, bis ihr das Wasser zur Taille reichte. Dann warf sie sich nach vorn und verschwand in all dem Blau. Ein paar Sekunden später tauchte sie wieder auf.

»Ach, ist das herrlich!«, rief sie. »Komm, Billie!«

Billie rannte zu ihrer Mutter. Sie hatte vergessen, dass das Wasser in Åhus eigentlich immer zu kalt war. Und so flach. Ihr Opa sagte, es sei so seicht, dass man den ganzen Weg nach Polen rüber zu Fuß gehen könne.

Der Strand war schmal, aber lang. Rechts konnte man weit hinten den Pier bei der Hafeneinfahrt sehen. Sowie sie Zeit hatte, würde Billie zum Hafen runterfahren. Das war ein schöner Ort zum Lesen.

Als sie sich abgetrocknet hatte und dabei war, ihr Handtuch zusammenzurollen, sah sie ihn. Einen Jungen mit dunklen Haaren und braunen Augen. Er trug rote Shorts, sonst nichts, und saß ein Stück entfernt im Sand. Warum hockte er da und starrte sie an?

Ihre Mutter kam aus dem Wasser und schüttelte ihr Haar. Sie musste Billies Blick gefolgt sein, denn sie sagte:

»Der sieht ja nett aus.«

Billie merkte, wie sie rot wurde. Warum glaubten Eltern nur die ganze Zeit, dass es in Ordnung wäre, solche Sachen zu sagen? Nett. Sagte man das über ein Kind?

»Das ist er ganz und gar nicht«, fauchte Billie. »Der ist doch bescheuert, wie er dasitzt und glotzt.«

Wütend sah sie zu dem Jungen, der sich langsam umdrehte und woandershin sah. Doch als Billie und ihre Mutter eine Weile später an ihm vorbeigingen, sah er sie wieder an. Billie richtete sich auf und schaute demonstrativ in die andere Richtung. Sie hatte das Gefühl, als würde der Junge ihnen nachsehen, bis sie bei ihren Fahrrädern waren und wegfuhren.

Als sie wieder zum Haus kamen, dämmerte es schon. Ihre Mutter nahm die Handtücher und ging, um sie auf den Wäscheständer zu hängen, der hinterm Haus neben dem Schuppen stand.

»Geh ruhig schon rein, ich komme gleich«, sagte sie.

Mit schnellen Schritten lief Billie ums Haus und auf die Terrasse. Die Kiefern auf der anderen Seite der Straße waren dunkel und groß. In mehreren Häusern in der Umgebung war Licht, doch sie waren alle von großen Grundstücken umgeben, sodass keines der anderen Häuser nah wirkte. Ein Eichhörnchen, das sich auf der Terrasse versteckt haben musste, lief die Treppe hinunter und ließ Billie zusammenfahren.

Sie dachte an den Jungen am Strand, und ihre Hand zitterte ein wenig, als sie den Hausschlüssel aus der Tasche nestelte und aufschloss. Schnell trat sie ein und machte die Tür hinter sich zu. Sie hatte immer noch Sand an den Füßen, den sie jetzt mit den Händen abklopfte. Kleine gelbe Sandkörner rieselten auf den Teppich im Eingang.

Die Deckenlampe im Flur flackerte, als sie sie einschaltete. Sie musste an den kleinen Tisch im Gästezimmer denken. Den könnte sie doch abwischen und gleich in ihr Zimmer tragen.

Im Gästezimmer gab es keine Deckenlampe, sondern nur eine Wandlampe, deren mattes Licht den Raum gelb färbte. Billie ging zu dem kleinen Tisch und beugte sich herab, um ihn hochzuheben. Sie erstarrte. Das konnte nicht sein. Sie hockte sich hin, um ihn aus der Nähe zu betrachten. Nein, sie hatte sich nicht getäuscht. Und je mehr sie auf die staubige Tischplatte sah, desto mehr Angst bekam sie.

Über dem Strich, den sie selbst in den Staub gemalt hatte, hatte jemand einen Abdruck mit einer sehr kleinen Hand gemacht. Als wäre, während sie schwimmen waren, ein Kind ins Haus gekommen, hätte seine Hand in den Staub gelegt und sei dann wieder gegangen.

4.

Wie sehr sie es auch versuchte, Billie konnte nicht aufhören, an die Hand im Staub zu denken. Jemand war in ihrem Haus gewesen, während sie weg waren. Doch ihre Mutter glaubte das nicht. Sie sagte, Billie habe den Abdruck selbst gemacht.

»Aber guck doch mal!«, hatte Billie gesagt und ihre Hand über den Abdruck gehalten. »Meine Hand ist viel größer!«

Sie konnte nicht begreifen, wie ihre Mutter denken konnte, dass sie log.

»Ja, was glaubst du denn?«, fragte Mama. »Dass sich ein kleines Kind ins Haus geschlichen hat?«

Billie wusste nicht, was sie glauben sollte, deshalb antwortete sie nicht. Doch sie hatte Angst. Abends konnte sie nicht einschlafen, und nachts wachte sie von Vögeln auf, die auf dem Dach herumhüpften, und von den knackenden Geräuschen in Wänden und Fußböden.

»So ist das nun mal in einem alten Haus«, sagte ihre Mutter. »Es macht Geräusche.«

Aber Billie fühlte sich in dem Haus nicht wohl, und in ihr wuchs allmählich das Gefühl, dass irgendetwas damit nicht in Ordnung war. Manchmal hatte sie direkt den Eindruck, als würden sie nicht allein in dem Haus wohnen.

Sie hoffte, dass es mit der Zeit besser würde. Schließlich war sie zu alt, um noch an Gespenster zu glauben, und ihre Mutter hatte natürlich recht, wenn sie sagte, es sei unmöglich, dass ein kleines Kind in ihr Haus eingedrungen sein sollte, während sie nicht da waren. Aber dann blieb immer noch die Frage, wie denn der Abdruck in den Staub gekommen war.

Es begann zu regnen. Billie verbrachte fast die ganze Zeit in ihrem Zimmer, wo sie auf dem Bett lag und las, während die Regentropfen aufs Dach trommelten. Nach fünf Tagen ununterbrochenen Regenwetters fand ihre Mutter, dass sie alles in Ordnung gebracht hatten, und da kam dann auch die Sonne wieder heraus.

»Sollten wir nicht die Sachen, die wir in die Kartons getan haben, wegwerfen?«, fragte Billie, als sie die letzten Sachen im Gästezimmer deponiert hatten.

»Doch, aber es war ja so schlechtes Wetter«, erwiderte ihre Mutter. »Und Martin Irgendwas, du weißt schon, der Mann, der uns das Haus gezeigt hat, hat versprochen, sich um alles zu kümmern, wenn ich es einfach stehen lasse.«

Billie erinnerte sich an den Mann und wusste auch noch, dass sie ihn ebenso wenig leiden mochte wie das Haus. Er hieß also Martin, den Nachnamen wussten sie nicht.

»Der hat ganz schön viel gelogen«, sagte sie.

»Meine liebe Billie«, sagte ihre Mutter.

Sie sah erschöpft aus.

»Doch, das hat er«, wiederholte Billie stur. »Hat gesagt, dass die vorige Familie weggezogen ist, weil der Vater eine neue Arbeit bekommen hat, und dann war es plötzlich die Mutter, die einen neuen Job hat.«

»Wahrscheinlich hat er sich nicht erinnert«, sagte ihre Mutter. »Hör auf, dich da reinzusteigern.«

Aber Billie musste an die Hand im Staub denken, und konnte nicht verstehen, warum ihre Mutter sich nicht über das, was da passiert war, erschrocken zeigte.

Das Beste an Åhus war, dass es so klein war. Nichts war weit weg, alles konnte man mit dem Fahrrad erreichen. Billie machte es sich zur Gewohnheit, möglichst jeden Tag einen Ausflug zu unternehmen.

Ein Ort, an dem sie besonders gern vorbeischaute, war

die Bibliothek, die hinter dem großen Lebensmittelgeschäft am Hafen lag. Billie liebte Bücher. Sie hatte sogar beschlossen, die Bücher, die die vorige Familie in ihrem Zimmer zurückgelassen hatte, nicht wegzuräumen, sondern im Bücherregal stehen zu lassen.

Die Bibliothekarin kannte Billie inzwischen schon und begrüßte sie freundlich, als sie zum Ausleihtresen kam und nach einem Buch fragte, das sie bestellt hatte.

»Du hast Glück«, sagte die Bibliothekarin und lächelte. »Es ist gerade zurückgegeben worden!«

Sie drehte sich um und nahm ein Buch aus dem Regal hinter dem Tresen. Es war dick und hatte einen braunen Umschlag, und es war ein Gummiband darum, das einen Zettel mit Billies Namen und Adresse hielt.

»Dann wollen wir mal sehen«, sagte die Bibliothekarin und zog das Gummiband ab.

Billie holte ihre Ausleihkarte heraus. Als sie sie der Bibliothekarin reichte, streifte sie versehentlich den Zettel mit der Hand, sodass er zu Boden segelte. Und als sie sich eben herunterbeugen wollte, um ihn aufzuheben, hörte sie eine Stimme:

»Kein Problem, ich hebe ihn für dich auf.«

Billie zuckte zusammen, sie hatte nicht bemerkt, dass hinter ihr jemand stand. Eine ältere Dame nahm den Zettel hoch und las ihn, ehe sie ihn Billie zurückgab.

Die Frau war ziemlich klein, sogar noch kleiner als Billie. Und sie hatte so seltsame Klamotten an. Ein langes Kleid, das aussah, als wäre es genauso alt wie sie selbst. Außerdem roch sie komisch. Wie nach Kerzenwachs. Billie sah der Bibliothekarin an, dass sie die Frau kannte und sich nicht freute, sie zu sehen.

»Ella, Ihr Buch ist heute auch nicht gekommen«, sagte sie mit säuerlicher Stimme.

Als ob sie fand, dass die alte Frau zu oft in der Bibliothek sei und als könnte sie sie nicht leiden.

»Ach so«, sagte die Alte. »Dann muss ich wohl wann anders wiederkommen.«

»Ich habe doch gesagt, dass wir anrufen, wenn es da ist.«

Die Alte schwieg kurz, dann sagte sie:

»Das müsst ihr nicht. Ich habe nicht so viel zu tun, ich komme gern vorbei.«

Dann wandte sie sich an Billie.

»Ich habe auf dem Zettel gelesen, dass du im Sparrisvägen wohnst«, sagte sie. »Ihr seid doch wohl nicht in das blaue Haus gegenüber dem Kiefernhain gezogen, oder?«

Ihre Stimme war freundlich, doch der Blick besorgt. Billie wand sich. Was interessierte es die Tante, wo sie wohnte?

»Doch«, sagte sie schließlich, »aber wir wohnen noch nicht lange da.«

Die Alte schüttelte den Kopf, und Billie fand, sie sähe traurig aus.

»Und dabei war ich ganz sicher, dass nach der vorigen Familie niemand mehr dort einziehen würde«, sagte sie.

Die Bibliothekarin gab Billie ihr Buch und ihre Leihkarte zurück.

»Danke«, sagte Billie automatisch.

»Bitte schön. Und jetzt lauf schnell nach Hause, ehe Ella dich noch mit Tratsch belämmert.«

Die Alte wurde ärgerlich.

»Ich habe überhaupt nichts gesagt«, verkündete sie mit lauter Stimme.

»Nein, und das sollen Sie auch nicht«, gab die Bibliothekarin zurück. »Dem Mädchen geht es wunderbar in dem Haus und es braucht wirklich keines von Ihren Märchen zu hören.«

Die Tante verzog das Gesicht.

»Märchen«, echote sie verärgert. »So ein Quatsch, die sind genauso wahr, wie dass ich hier stehe.«

Wovon reden die nur?, dachte Billie.

Sie drückte das Buch an die Brust.

»Stimmt irgendwas nicht mit unserem Haus?«, fragte sie und versuchte, einen frechen Tonfall anzuschlagen.

Das misslang ihr, die Stimme war unsicher und klang eher wie ein Flüstern.

»Ganz und gar nicht«, sagte die Bibliothekarin. »Ella bildet sich nur gern was ein.«

Was bildet sie sich denn ein, wollte Billie fragen. Aber das tat sie nicht. Irgendetwas hielt die Neugier im Zaum, als würde sie sich vor dem fürchten, was sie hören könnte.

»Ich bilde mir gar nichts ein«, zischte die Alte. »Aber macht euch keine Sorgen, ich werde euch nicht weiter behelligen.«

Damit verschwand sie so eilig aus der Bibliothek, dass ihr Rock raschelte.

»Jetzt warte mal noch ein bisschen hier, damit sie nicht draußen steht und dir auflauert, wenn du rauskommst«, sagte die Bibliothekarin zu Billie. Billie konnte das Gefühl nicht loswerden, dass die Alte versucht hatte, ihr etwas Wichtiges zu erzählen.

»Um was für einen Tratsch geht es denn?«, fragte sie vorsichtig.

»Nichts, worum du dich scheren musst«, sagte die Bibliothekarin. »Ella redet nur Blödsinn. In den vergangenen Jahren haben verschiedene Familien in euerm Haus gewohnt, und das scheint Ellas Fantasie angeregt zu haben.«

Billie blieb mit dem Buch im Arm am Ausleihtresen stehen. Sie fragte sich, was Ella ihr wohl hatte erzählen wollen. Und wie es möglich war, dass ihre Adresse so bekannt war. Sowohl die Alte als auch die Bibliothekarin kannten das Haus, in dem sie wohnte.

»Jetzt muss ich los«, murmelte sie.

Ohne genau zu wissen, warum, rannte sie aus der Bibliothek und zu ihrem Fahrrad. Die Alte wartete nicht auf sie. Mindestens zweimal fiel ihr der Schlüssel runter, als sie das Fahrrad aufschließen wollte.

Irgendetwas stimmte nicht mit dem Haus. Genau wie Billie es die ganze Zeit gespürt hatte.

5.

Willst du nicht mal jemanden hierher einladen?«, fragte ihre Mutter, als sie ein paar Tage später am Strand lagen. »Du triffst deine Freunde nur, wenn wir in Kristianstad sind.«

Darüber hatte Billie selbst schon nachgedacht. Es war jetzt an der Zeit. Die Freundinnen in der Stadt fragten immer wieder, ob sie nicht mal zu Besuch kommen dürften.

»Vielleicht kann Simona kommen«, meinte sie.

»Das klingt doch gut«, erwiderte ihre Mutter.

Sie sah Billie durch ihre Sonnenbrille an und gab ihr einen kleinen Stoß mit dem Ellenbogen.

»Ist das nicht der Junge, den wir gesehen haben, als wir am ersten Abend hier zum Schwimmen waren?«, fragte sie.

Sie nickte einem dunkelhaarigen Jungen zu, der ein Stück entfernt im Sand saß. Billie erkannte ihn sofort.

Er trug dieselben roten Shorts und schien auch diesmal kein Badelaken dabeizuhaben.

»Warum sitzt er denn nur da und glotzt?«, fragte Billie und hörte selbst, wie sauer sie klang.

»Vielleicht hat er Langeweile«, sagte ihre Mutter. »Geh doch hin und rede mit ihm.«

Das war typisch Mama, mit so einer blöden Idee zu kommen. »Geh hin und rede mit ihm.« Das machte man einfach nicht, das war doch wohl klar.

»Nein, danke«, erwiderte sie.

Ihre Mutter stand auf und wischte sich den Sand von den Beinen.

»Kommst du mit ins Wasser?«, fragte sie.

Billie sah ins Buch, als würde sie lesen.

»Das Wasser ist zu kalt.«

»Wie du willst«, sagte ihre Mutter und nahm die Sonnenbrille ab. »Sei so gut und pass auf meine Sachen auf, ja?«

Dann drehte sie sich um und lief ins Meer.

Billie blieb mit dem Buch im Schoß auf dem Handtuch sitzen. Es war das Buch, das sie in der Bibliothek geholt hatte, als die Alte namens Ella dort gewesen war. Die Neugier war immer noch da. Billie hatte versucht, mit ihrer Mutter über das zu reden, was sie erfahren hatte, doch die hatte nur gesagt, sie wolle keinen Tratsch hören.

Aber wie konnte ihre Mutter sicher sein, dass das nur Tratsch war? Billie wollte wirklich gern wissen, was die Alte zu erzählen hatte. Die Frage war nur, wie sie an sie herankommen könnte. Anscheinend ging sie oft in die Bibliothek, mit etwas Glück würde sie nächstes Mal, wenn Billie hinkam, auch wieder dort sein.

Eine Wolke schob sich vor die Sonne und Billie fröstelte. Ihre Mutter hatte recht, sie sollte mal eine Freundin einladen. Sie brauchte jemanden, mit dem sie reden konnte und der auch zuhörte.

Vorsichtig schielte Billie zu dem Jungen in den roten Shorts. Er erwiderte ihren Blick und lächelte. Blitzschnell wandte Billie sich wieder ab. Was sollte das denn?

Etwas später konnte Billie sich nicht beherrschen und sah noch einmal in seine Richtung. Aber da war er weg.

Der Bus aus Kristianstad hielt beim Wasserturm, und da stand Billie schon und wartete. Simona hatte sich sehr gefreut, als Billie sie angerufen und nach Åhus eingeladen hatte. Sie wollte am gleichen Tag kommen, und das durfte sie auch.

Billie wurde es vor Freude ganz warm ums Herz. Warum hatte sie nicht schon früher jemanden eingeladen?

Der Busfahrer half Simona, ihr Fahrrad aus dem Gepäckraum des Busses zu holen.

»Nun aber schön vorsichtig fahren«, sagte er.

Kichernd setzten Billie und Simona ihre Helme auf. Billie zeigte und erklärte alles Mögliche auf der kurzen Strecke zwischen Bushaltestelle und Sparrisvägen. Sie zeigte die alte Holzschuhfabrik, von der ihre Mutter behauptete, dass sie und ihr Bruder dort, als sie klein waren, Holzschuhe geklaut hätten, und dann zeigte sie, in welcher Richtung das Meer lag.

»Ich würde auch gern umziehen«, sagte Simona. »Einfach neu anfangen.«

Und dann lachte sie laut.

Es roch nach Feuer, als sie auf das Grundstück radelten. Billies Mutter hatte den Grill vor die Terrasse gestellt und winkte fröhlich, als sie an ihr vorbeisausten. Sie trug eine blaue Schürze, die Billies Vater sich immer beim Grillen umgebunden hatte, und die Sonnenbrille saß auf dem Kopf im Haarschopf. Billie hatte sich immer so schöne und lockige Haare gewünscht, wie ihre Mutter sie hatte, doch sie hatte die glatten, hellen Haare ihres Vaters geerbt.

»Wie schön es hier ist! Und so viele alte Sachen!«, rief Simona, als Billie ihr alles zeigte.

»Das sind nicht unsere Sachen«, erklärte Billie. »Die Leute, die vorher hier gewohnt haben, haben ziemlich viel dagelassen.«

»Warum das denn?«

Simonas rote Haare standen wie ein Heiligenschein um ihren Kopf.

Billie antwortete nicht, sondern nahm Simona an der Hand.

»Komm«, sagte sie, »ich zeige dir mein Zimmer.«

Sie zog die Freundin die Treppe hinauf.

»Süß!«, sagte Simona und sah sich um. »Und mit Dachschräge! Das habe ich mir auch immer gewünscht.«

Sie setzte sich auf Billies Bett. Billie sah, dass sie das Bücherregal betrachtete.

»Sind das deine Bücher?«, fragte sie.

»Nein, meine sind immer noch in der Stadt. Die hier gehören der, die vorher in diesem Zimmer gewohnt hat.«

Billie hielt inne. Wieder hatte sie »die« gesagt. Als wüsste sie sicher, dass in dem Zimmer früher ein Mädchen gewohnt hatte, aber das wusste sie doch gar nicht. Sie hatte einfach nur angenommen, dass es das Zimmer eines Mädchens gewesen war.

Simona ging zum Bücherregal.

»Die sind schön, aber alt«, sagte sie und strich mit der Hand über die Buchrücken.

Das hatte Billie auch gefunden. Sie hatte in einigen davon geblättert und gedacht, dass es wohl Kinderbücher waren, doch hatte sie von keinem je etwas gehört.

»Wohnt die Familie, die vorher hier war, immer noch in Åhus, oder sind sie weiter weggezogen?«, fragte Simona und nahm ein Buch aus dem Regal.

»Keiner weiß, wo sie hin sind«, sagte Billie und senkte die Stimme, damit ihre Mutter sie nicht hörte.

Simona stellte das Buch zurück ins Regal.

»Aber die können doch nicht einfach verschwunden sein«, sagte sie.

Billie schluckte.

»Scheint aber so.« Sie zögerte, und dann sagte sie: »Ich glaube, irgendetwas stimmt nicht mit diesem Haus. Und deshalb wollten sie nicht länger hier wohnen.«

Åhus war in Abendlicht getaucht, als Billie und Simona ihre Fahrräder nahmen und zum Hafen radelten. Billies Mutter hatte verkündet, sie wolle sich was im Fernsehen anschauen, und hatte ihnen Geld für Eis mitgegeben.

Die Fahrradreifen knirschten auf dem Kies, als Billie eine Abkürzung zwischen den Häusern hindurch wählte. Sie rollten an dem alten, inzwischen geschlossenen Åhus-Park vorbei, wo Billies Mutter früher in die Disco gegangen war, und dann an Fahrrad-Jockes altem Laden, in dem Billies Vater ihr das erste Fahrrad gekauft hatte.

Sie parkten die Räder bei der alten Festung, die am Hafen lag, und gingen an Bord des Eis-Schiffes. Das Geld reichte für eine große Tüte mit zwei Kugeln und Sahne für jede. Simona entdeckte einen Tisch an der Reling des Schiffs.

Sie runzelte die Stirn, als sie ihr Eis aß.

»Du glaubst also, dass es in dem Haus spukt?«

Billie verschluckte sich fast an ihrem Eis.

»Nein, nein«, sagte sie. »Es spukt nicht.«

Denn Gespenster gab es schließlich nicht. Oder doch?

»Aber dieser Handabdruck, von dem du geredet hast«, sagte Simona. »Wie ist der denn da hingekommen, wenn ihr doch nicht zu Hause wart?«

»Ich weiß es nicht«, sagte Billie.

Und da entdeckte sie den Jungen in den roten Shorts, der immer am Strand saß. Er stand am Kai und beobachtete sie. Und diesmal sah es nicht so aus, als wolle er sie in Ruhe lassen.

6.

Simona war es, die vorschlug, sie sollten hingehen und mit ihm reden.

»Wir müssen schließlich rauskriegen, was er will und ob er hinter dir herspioniert«, sagte sie.

Für Simona schien immer alles ganz einfach zu sein, obwohl Billie wusste, dass sie es auch schon schwer gehabt hatte. Ihre Mutter hatte einen Autounfall gehabt und war so schwer verletzt worden, dass sie richtig wieder hatte laufen lernen müssen. Billie konnte sich nicht erinnern, Simona ein einziges Mal weinen gesehen zu haben, als das passiert war.

Als sie vom Eis-Schiff runtergingen, saß der Junge auf einer Bank und wartete auf sie.

Er stand auf, als sie auf ihn zukamen.

»Hallo«, sagte er und lächelte.

Billie musste sich widerwillig eingestehen, dass er nett aussah.

Sie und Simona sagten auch Hallo.

»Willst du was von mir?«, fragte Billie. »Ich meine, weil du die ganze Zeit hinter mir herläufst.«

Der Junge sah erstaunt aus.

»Das tue ich gar nicht«, sagte er. »Du bist es, die die ganze Zeit da ist, wo ich auch bin. Eigentlich sollte ich fragen, was du willst.«

Billie war derart verwirrt, dass sie nicht wusste, was sie sagen sollte. Es war überhaupt nicht so, dass sie hinter ihm herlief, sondern umgekehrt.

»Vielleicht ist es ja nur Zufall, dass ihr euch so oft begegnet seid«, schlug Simona vor.

Typisch, dass ihr so ein guter Satz einfiel.

»Kann sein«, sagte der Junge. »Aber ein netter Zufall, finde ich.«

Und dann streckte er die Hand aus, um Guten Tag zu sagen, wie es die Erwachsenen tun.

»Aladdin«, erklärte er. »Schön, euch kennenzulernen!«

Billie konnte sich ein Kichern nicht verkneifen. Wer in ihrem Alter sagte so was wie »Schön, euch kennenzulernen«? Um nicht gemein zu wirken, beeilte sie sich, seine ausgestreckte Hand zu ergreifen und sagte:

»Billie. Und das hier ist meine Freundin Simona.«

»Billy? Ist das nicht ein Jungenname?«

»Billie mit i-e am Ende, und das ist ein Mädchenname.«

»Aha«, sagte der Junge und verbeugte sich kurz. »Billie mit i-e am Ende, darf ich dich und deine Freundin zu einer Rundtour durch den Hafen einladen?«

Er hieß wirklich Aladdin und stammte aus der Türkei. Aber daran erinnerte er sich kaum. Zusammen mit seinen Eltern war er nach Schweden gezogen, als er gerade zwei Jahre alt war.

»Wir haben Verwandte hier in Schweden«, sagte er, als sie an den schicken Reihen von Jachten vorbeigingen. »Papa glaubte, man könnte reich werden, wenn man hierherkäme, um für die Schweden Essen zu kochen.«

»Was für Essen?«, fragte Simona.

»Kebab und gegrilltes Fleisch und so«, sagte Aladdin. »Jetzt hat er ein richtiges Restaurant.«

»Gehört deinem Vater etwa das Restaurant ›Der Türke im Turm‹?«, fragte Billie erstaunt.

»Jip«, erwiderte Aladdin und sah stolz aus.

Der Türke im Turm war das feinste Restaurant in Åhus. Es lag ganz oben in einem alten Wasserturm.

»Habt ihr schon mal bei uns gegessen?«, fragte Aladdin.

»Nur einmal«, sagte Billie.

»Zweimal«, ergänzte Simona. »Einmal, als mein Vater vierzig geworden ist, und dann, als mein Bruder Führerschein gemacht hat.«

Vater und Bruder. Billie hatte keins von beiden und verstummte.

»Hier wohnen meine Eltern und ich«, erklärte Aladdin. Er zeigte auf ein großes Hausboot, das am Kai lag. Billie fand, es sah aus wie ein Schuhkarton.

»Hier?«, fragte sie verwundert.

»Jip, zumindest den Sommer über. Im Winter wohnen wir in einem Haus neben unserem Restaurant.«

»Mann, das ist ja stark!«, rief Simona aus. »Also, das mit dem Hausboot.«

Was für ein spannendes Leben Aladdin zu haben schien. Eltern mit Restaurant und einem Hausboot im Hafen. In Billie erwachte der Neid. Warum musste ausgerechnet sie in einem alten Spukhaus wohnen?

»Wir müssen mal langsam nach Hause«, sagte sie.

»Kommt gerne mal wieder vorbei«, sagte Aladdin. »Ich bin fast immer zu Hause.«

Wenn er redete, lächelte er. Eigentlich lächelte er fast die ganze Zeit. Billie musste das Lächeln erwidern. Vielleicht würde es ihr leichter fallen, in Åhus zu wohnen, wenn sie zumindest einen Freund hatte.

Sie legten für Simona eine Matratze in Billies Zimmer. Ihre Mutter brachte Bettzeug und Handtücher und fragte mehrmals, ob sie noch irgendetwas brauchten. Simona und Billie schüttelten die Köpfe und sagten Nein, jetzt würden sie allein zurechtkommen. Als Billies Mutter Gute Nacht gesagt und die Tür zugemacht hatte, lagen sie noch lange wach und redeten. Über die Freunde in der Stadt, und dass sie im Herbst in die sechste Klasse kamen. Simona erzählte, dass sie mit ihren Eltern nach Gotland fahren würde, und Billie, dass ihre Mutter entschieden habe, dass sie den ganzen Sommer in Åhus verbringen wollten.

Nachdem sie das Licht ausgeschaltet und sich zum Schlafen hingelegt hatten, dachte Billie an die Bücher, die in ihrem Zimmer standen. Von allem, was die vorige Familie im Haus gelassen hatte, waren es die Bücher, an die Billie am häufigsten dachte. Wer ging denn weg, ohne seine Bücher mitzunehmen?

7.

Erst wusste Billie nicht, was sie geweckt hatte. Im Haus war es vollkommen still. Nicht einmal die Vögel auf dem Dach waren zu hören. Billie rollte sich unter der Decke zusammen und horchte angestrengt.

Dann hörte sie Simona sich in ihrem Bett regen.

»Schläfst du?«, flüsterte sie.

»Nein«, flüsterte Billie zurück. »Was war das?«

Sie sah Simonas Silhouette sich von der Matratze erheben.

»Es klang, als würde jemand ans Fenster klopfen.«

Ihre Stimme war so leise, dass Billie sie kaum verstand.

»Aber das kann nicht sein«, wisperte sie. »Niemand ist so groß, dass er an ein Fenster im zweiten Stock klopfen kann.«

Da hörten sie das Geräusch wieder.

Simona hatte recht. Es klang, als würde jemand an das

Fenster oberhalb von Billies Bett klopfen. Vorsichtig, mit kleinen, leichten Klopfgeräuschen.

Billie bekam eine solche Angst, dass sie fast losheulte.

»Wir müssen Mama holen«, flüsterte sie.

»Schsch!«, sagte Simona.

War es vielleicht nur ein Vogel? Billie wagte kaum, zum Fenster zu sehen, obwohl das weiße Rollo, das ihre Mutter dort angebracht hatte, heruntergezogen war. Wenn nun jemand da draußen stand? Auf einer Leiter?

Simona schlich zum Fenster.

»Pass auf«, wisperte Billie.

Mit einem Mal hörte das Klopfen auf.

Billie und Simona wurden mucksmäuschenstill. Mehrere Minuten lang warteten sie darauf, dass das Klopfen wieder anfing, doch es blieb still. Da schlich Simona zum Fenster, schob die Finger hinter das Rollo und zog es ein paar Zentimeter von der Scheibe weg. Vorsichtig spähte sie durch den Spalt.

»Da ist nichts zu sehen«, sagte sie.

Draußen war es vollkommen dunkel. Es war weit nach Mitternacht, sodass auch in den Nachbarhäusern kaum noch jemand wach war. Überall waren die Lichter gelöscht und es war still.

Simona packte den Rand des Rollos und ruckte daran,

worauf es sich sofort aufrollte und mit einem solchen Knall an die Decke sauste, dass Billie und Simona zusammenfuhren. Sie waren so nervös, dass sie beide anfingen zu lachen.

»Wenn wir so weitermachen, wecken wir noch meine Mutter auf«, sagte Billie und presste das Gesicht ins Kissen, um das Lachen zu unterdrücken, das in ihr hochblubberte.

Simona sah wieder aus dem Fenster und Billie stellte sich neben sie. Erst sah sie nichts, doch nach einer Weile gewöhnten sich ihre Augen an die Dunkelheit, und sie konnte die Bäume auf dem Grundstück und das dunkle Nachbarhaus ein Stück entfernt erkennen.

»Es muss ein Vogel gewesen sein«, sagte Simona entschieden. »So weit rauf kann sonst niemand kommen.«

Billie zog das Rollo wieder runter.

»Es war ein Vogel«, echote sie. »Und jetzt legen wir uns schlafen.«

Mit jedem Mal, dass sie Vogel sagte, schlug ihr Herz ein wenig ruhiger. Natürlich war es ein Vogel gewesen. Was denn sonst?

»Ich muss aufs Klo«, sagte Simona, als Billie sich gerade hingelegt hatte.

»Ich komme mit runter«, sagte Billie und warf die Decke von sich.

Nach dem, was passiert war, sollte niemand allein durchs Haus gehen müssen.

Langsam öffnete sie die Tür, damit sie nicht quietschte und vielleicht ihre Mutter aufweckte. Simona ging auf Zehenspitzen die Treppe hinunter, dicht gefolgt von Billie. Sie würde auch gleich aufs Klo gehen.

Während Simona sich auf der Toilette einschloss, stand Billie im Flur und wagte nicht, irgendwo hinzugehen. Das Haus war voller Geräusche. Überall knackte es, als würde es wachsen und Schmerzen haben. Auf Aladdins Hausboot war das sicher nicht so. Billie stellte sich vor, dass er das Wasser gluckern hörte und dass man bei dem Geräusch sicher wunderbar einschlafen konnte. Wenn sie Freunde wurden, Aladdin und sie, dann würden Billie und Simona vielleicht mal bei ihm übernachten dürfen.

Plötzlich hörte Billie erneut ein Klopfen. Dasselbe leise Geräusch, wie ein Flüstern. Aber trotzdem deutlich. Billies Herz fing wieder an, lauter zu pochen. Wenn Simona nur endlich fertig werden würde.

Es klang, als käme das Klopfen aus dem Zimmer hinter der Küche, aus dem Gästezimmer. Billie horchte auf das leise Klopfen und dachte an den kleinen Händeabdruck im Staub des Tisches. Dieselbe kleine Hand klopfte jetzt an das Fenster, da war sie sich ganz sicher.

Simona spülte und machte die Toilettentür auf.

»Hörst du?«, flüsterte Billie, noch ehe sie etwas sagen konnte.

Simona horchte angestrengt, die Stirn in Falten gelegt.

»Nein, was soll ich hören?«

Sie hatte recht, jetzt war nichts zu hören.

»Es klang genauso wie in meinem Zimmer«, sagte Billie.

Sie horchten wieder.

Aber das Geräusch war verschwunden.

»Komisch«, sagte Simona. »Woher kam es denn diesmal?«

»Aus dem Gästezimmer.«

Sie sahen einander an. Vorsichtig schlichen sie zum Gästezimmer und sahen hinein. Sie blieben auf der Schwelle stehen. Alles sah aus wie immer. Aufeinandergestapelte Kartons und ein paar unbenutzte Möbel. Der Tisch, den Billie so gemocht hatte, stand immer noch in seiner Ecke. Sie wollte ihn nicht mehr haben.

»Wo hast du diesen Handabdruck gefunden?«, fragte Simona.

»Dort«, sagte Billie und zeigte auf den Tisch.

Im Zimmer war es dunkel, doch gab es noch keine Gardinen. Simona ging zum Fenster und spähte hinaus und Billie folgte ihr. Es war ganz still, kein Mensch war zu sehen. Simona drehte sich zu dem Tischchen um.

»Was ist das denn für eine Zeitschrift?«, fragte sie.

Billie beugte sich vor. Es war schwer, in der Dunkelheit etwas zu sehen, aber das machte nichts, denn Billie erkannte die Zeitschrift sofort. Jemand hatte auf das Tischchen, auf dem sie den Handabdruck entdeckt hatte, das alte Comic-Heft gelegt, das sie bereits am ersten Tag in einen Karton verpackt hatte.

Es sah aus, als hätte jemand etwas darauf geschrieben. Billies Herz schlug so heftig, dass sie meinte, es würde zerspringen, als sie sich herunterbeugte und die kindliche Handschrift las:

»Verschwindet!«

8.

Normalerweise wurde Billies Mutter selten böse, aber diesmal war es soweit.

»Du glaubst wohl, ich komme nicht drauf, dass du selbst ›Verschwindet!‹ auf dieses Heft geschrieben hast, was?«, schimpfte sie, als Billie am nächsten Morgen noch einmal versuchte, mit ihr über all das, was in der Nacht passiert war, zu sprechen.

»Frag doch Simona, wenn du mir nicht glaubst!«, schrie Billie zurück. »Oder dich selbst! Du hast das Heft doch auch gesehen!«

»Das heißt gar nichts. Du kannst alles Mögliche da draufgeschrieben haben, während Simona auf dem Klo war.«

Wie konnte sie nur glauben, dass Billie in solch einer Sache lügen würde? Billie wurde so wütend, dass sie kurz vorm Explodieren war. Simona saß schweigend am Frühstückstisch und beobachtete, wie die beiden stritten.

Billies Mutter war schon sauer gewesen, als sie sie in der Nacht geweckt hatten, um von den Klopfgeräuschen und dem Comic-Heft zu erzählen. Wenn Billie und Simona nachts Unfug machten, statt zu schlafen, dann dürfe Simona nicht noch mal bei ihnen übernachten, hatte sie nur gesagt.

»Du machst immer alles kaputt!«, hatte Billie hinter ihr hergerufen, als sie die beiden aufgefordert hatte, sich augenblicklich wieder schlafen zu legen, und dann in den ersten Stock verschwand.

Daraufhin war sie so schnell die Treppe wieder heruntergelaufen, dass Billie befürchtet hatte, sie könnte fallen.

»Ach, ich soll also alles kaputt machen, Billie?«, hatte sie gesagt, und ihre Stimme war dabei unglaublich ruhig gewesen. »Du bist es, die alles kaputt macht, meine Liebe. Die ganze Zeit. Sag doch, wie es ist: Es gefällt dir nicht, dass wir nach Åhus gezogen sind, und jetzt versuchst du alles, damit wir wieder in die Stadt ziehen.«

Billie hatte nicht gewusst, was sie sagen sollte. Natürlich, ihre Mutter hatte recht. Sie fand es schrecklich, dass sie umgezogen waren. Aber so was würde sie sich deswegen nie ausdenken. Auf keinen Fall.

»Ich bestimme in diesem Haus«, fuhr Billies Mutter mit derselben ruhigen Stimme fort. »Denn ich bin erwachsen, und du nicht. Du bist nicht die Einzige, die Papa vermisst und möchte, dass alles wieder so wird wie früher. Das will ich auch.«

Sie verstummte und sah aus, als würde sie anfangen zu weinen.

»Aber das geht nicht«, sagte sie stattdessen. »So funktioniert das nicht. Jetzt ist es, wie es ist, und wir müssen das Beste aus der Situation machen. Und für uns ist das Beste, woanders neu anzufangen.«

Mit diesen Worten hatte sie Simona und Billie im Flur stehen lassen, war raufgegangen und hatte sich schlafen gelegt. Billie hatte für den Rest der Nacht kaum ein Auge zugetan und am Frühstückstisch war der Streit dann wieder aufgeflammt.

»Ich will das einfach nicht mehr mit euch diskutieren«, sagte ihre Mutter und stand auf.

Sie begann, den Tisch abzudecken.

»Was habt ihr heute vor?«, fragte sie.

Billie schaute erst Simona an, dann zur Terrasse und zum Himmel hinauf. Es war bewölkt, sah aber nicht nach Regen aus.

»Wozu hast du Lust?«, fragte sie. »Vielleicht in die Bibliothek fahren?«

Billies Mutter seufzte, als sie hörte, dass Billie von der Bibliothek sprach, aber Simona nickte. Billie freute sich, denn jetzt wollte sie wirklich gern noch mal die alte Frau treffen.

»Gut«, meinte Simona. »Und dann können wir ja vielleicht zum Hafen fahren und Aladdin besuchen.«

»Aladdin?«, fragte Billies Mutter. »Wer ist das?«

»Ein Junge, der auf einem Boot im Hafen wohnt. Seinen Eltern gehört der Türke im Turm.«

»Echt? Den kennst du?«

Billie zuckte mit den Schultern und versuchte, den Eindruck zu erwecken, als sei sie weder vom Hausboot noch vom Restaurant beeindruckt.

»Ja, so ein bisschen kenne ich ihn«, sagte sie.

Da lächelte ihre Mutter zum ersten Mal an diesem Morgen.

»Ist es der in den roten Shorts?«

»Vielleicht.«

Noch ehe Billie sich wehren konnte, hatte ihre Mutter die Arme um sie geschlungen.

»Ach, du hast einen Freund gefunden! Das freut mich so!«

Billie wand sich aus der Umarmung.

»Na ja, nicht so richtig Freund.«

Sie musste ihre Mutter dazu bringen, sich abzuregen. Es wäre nicht gut, wenn sie den Eindruck bekäme, dass Billie und Aladdin Freunde seien, denn dann würde sie sich niemals drauf einlassen, wieder in die Stadt zu ziehen.

»Jetzt saust mal los, Mädels«, sagte ihre Mutter. »Ich kann hier fertig abräumen.«

Billie und Simona gingen in Billies Zimmer hinauf.

»War das blöd von mir, Aladdin zu erwähnen?«, fragte Simona.

»Na ja, ne, ich will bloß nicht, dass Mama meint, es würde mir hier in Åhus gefallen.«

Simona strich ihr über den Arm.

»Hast du große Sehnsucht nach Kristianstad?«

»Ja, voll viel«, flüsterte Billie.

Eine große Fliege brummte an der Decke und flog immer schneller hin und her. So, als wäre sie eingesperrt und ängstlich.

Wie ich, dachte Billie, der das Haus inzwischen wie ein Gefängnis vorkam. Keiner von uns beiden kann hier raus.

Es war schön, mal nach draußen zu kommen. Simona schlug vor, auf dem Weg durch den Kiefernhain in die Stadt zu fahren. Billie war schon immer gern im Wald gewesen und fand die Idee gut. Der Wind pfiff zwischen den hohen Baumstämmen, und auf dem Boden lag ein dicker Teppich aus herabgefallenen Nadeln, die aussahen wie braune Nähnadeln. Auf der anderen Seite des Kiefernhains öffnete sich eine kleine Lichtung.

Billie musste an die Ereignisse der Nacht denken. Auf keinen Fall hatte sie sich die Klopfgeräusche am Fenster eingebildet. Und die Sache mit dem Comicheft ebenso wenig. Wer hatte es dorthin gelegt? Wer konnte ins Haus hinein?

»Du glaubst mir doch wenigstens, oder?«, fragte Billie Simona, als sie wieder darüber sprachen, was sie erlebt hatten.

»Natürlich tue ich das!«, sagte Simona. »Aber ich finde es unheimlich.«

Das fand Billie auch.

»Glaubst du an Gespenster?«, fragte sie.

»Ich weiß nicht«, sagte Simona. »Manchmal, wenn ich meinen Großvater besuche, bilde ich mir ein, ich würde nachts die Schritte meiner Großmutter im Flur hören.«

Billie riss die Augen auf.

»Nein, echt?«, fragte sie und musste an all die vielen Male denken, an denen sie im Haus in der Stadt gemeint hatte, ihren Vater zu hören.

»Sie lief auf so eine besondere Weise«, sagte Simona, »und jetzt höre ich das, wenn ich dort schlafe. Aber das macht mir nichts aus.«

»Es macht dir nichts aus?«, fragte Billie verblüfft.

»Nein«, erwiderte Simona, »gar nichts. Ich denke dann einfach, es ist gut für Großvater, dass sie da ist. Dass sie sozusagen, ja, wie sagt man, dass sie wacht. Genau. Dass sie über ihn wacht.«

»Wie ein eingebildeter Freund?«, fragte Billie.

»So ungefähr«, sagte Simona. »Aber in echt.«

9.

Sie trafen Aladdin auf dem Steg vor dem Hausboot, wo er mit ein paar Plastikstückchen spielte. Als er sie sah, leuchtete sein Gesicht auf.

»Hallohallo!«

Er hob den Arm zu einem Gruß.

»Hallohallo, was machst du?«, fragte Billie.

»Baue ein Modellflugzeug.«

»So klein?«, fragte Simona.

»Meine Mutter sagt, ich müsse kleine Flugzeuge bauen, weil ich so viele mache«, erklärte Aladdin.

Er sah die Bücher, die Billie unter dem Arm hatte.

»Wart ihr in der Bibliothek?«

Billie nickte und steckte die Bücher in die Stofftasche, die ihre Mutter ihr mitgegeben hatte. Die alte Frau war nicht in der Bibliothek gewesen. Hoffentlich tauchte sie irgendwann anders mal wieder auf.

»Liest du auch gern?«, fragte Simona Aladdin.

»Ne, ich bin mehr so einer, der Sachen baut.«

Er stand auf.

»Wollt ihr sehen, wie wir wohnen?«

Das war das gemütlichste Zuhause, in dem Billie je gewesen war. Alle Wände waren weiß gestrichen und in den Fenstern standen kleine grüne Pflanzen. Im Flur hingen blaue Gardinen, in der Küche rosafarbene, der Küchentisch war blau und die Stühle hatten verschiedene Farben.

»Tolle Bilder«, sagte Simona und meinte die in der Küche, die tanzende Menschen darstellten.

»Meine Mutter malt«, erklärte Aladdin.

Er ging mit ihnen eine Treppe tiefer, wo sie in ein Schlafzimmer mit einem Doppelbett kamen. Das Zimmer musste unterhalb der Wasserlinie liegen, denn die Fenster waren kleine runde Bullaugen, direkt unter der Decke.

»Das Zimmer meiner Eltern«, sagte Aladdin.

»Wo schläfst du?«, fragte Simona.

Aladdin sah verschmitzt drein.

»Ganz oben«, sagte er.

Sie gingen in die Küche zurück, wo er aus der Decke eine Leiter herunterklappte. Er kletterte hinauf und öffnete eine Dachluke. Billie und Simona sahen ihn durch das Loch verschwinden. Er winkte ihnen, dass sie nachkommen sollten.

»Oh!«, rief Billie, nachdem sie den Kopf in Aladdins Zimmer gesteckt hatte.

Wenn man das Boot von außen betrachtete, sah es aus wie ein großer Karton mit einem kleineren Karton auf dem Dach. Und in dem kleineren Karton wohnte Aladdin. Er hatte in alle Himmelsrichtungen Fenster, und der Raum war so klein, dass dort nur ein Bett, ein Nachttisch und eine Bettlampe Platz fanden.

»Ich bin so neidisch, dass ich gleich sterbe«, sagte Simona, als sie hinaufkam. »Ich träume davon, wenn ich erwachsen bin, in einem Leuchtturm zu wohnen, aber das hier wäre auch richtig cool.«

Aladdin warf sich aufs Bett.

»Ja, es ist schon nett«, sagte er.

Das war stark untertrieben. Das Zimmer war wie eine Burg, deren einziger Eingang ein Loch im Boden war.

Billie sah sich um. Von Aladdins Fenster aus konnte man den ganzen Hafen sehen.

»Hast du keine Gardinen?«, fragte Simona.

»Nein, ich habe gern den Überblick«, erklärte Aladdin.

Billie dachte darüber nach, dass Aladdin allein in seinem Karton schlief, mit den Eltern zwei Treppen tiefer unter der Wasserlinie.

»Hast du denn keine Angst im Dunkeln?«, fragte sie.

Aladdin sah sie verständnislos an.

»Also, das habe ich noch nie verstanden«, sagte er. »Wovor sollte man im Dunkeln Angst haben, was es nicht auch im Hellen gibt?«

Billie und Simona sahen einander an. Sie dachten beide dasselbe.

Simona ließ sich auf dem Fußboden nieder.

»In Billies Haus spukt es«, begann sie.

Billie setzte sich ebenfalls.

»Kann auch sein, dass jemand Fremdes ins Haus geht, wann er will, und seltsame Sachen macht.«

Sie erzählte, was passiert war, seit ihre Mutter und sie eingezogen waren. Aladdin gab einen Pfiff von sich.

»Jetzt verstehe ich«, sagte er. »Deine Mutter und du, ihr wohnt im Spinnerhaus?«

»Was?«, fragte Billie und kam sich dumm vor.

»Im Spinnerhaus. Allen, die dort eingezogen sind, ist irgendein Unglück passiert«, erklärte Aladdin. »Obwohl das bestimmt nur ein Zufall ist. Schließlich gibt es keine Gespenster.«

»Warum heißt es denn Spinnerhaus?«, fragte Simona.

»Weil man anfängt zu spinnen, wenn man da wohnt«, sagte Aladdin und lachte wieder. »Ganz schön bescheuert, oder?«

Billie fand es eigentlich eher peinlich. Ihr Haus war wirklich im ganzen Ort bekannt, und dann hatte es auch noch einen lächerlichen Spitznamen.

Aladdin merkte, was sie dachte.

»Spinnerhaus sagen sie nur in meiner Schule«, versicherte er.

Gut, dachte Billie, dann werde ich da nie hingehen.

Es war ein Weilchen still, und dann sagte Aladdin:

»Meine Mutter glaubt an Geister und Gespenster und so was.«

Es fing an zu regnen und schwere Wassertropfen schlugen auf das Dach von Aladdins Zimmer. Der Wind versetzte das Boot in ein leichtes Schaukeln.

»Warum?«, fragte Billie und schlang die Arme um ihre Beine.

»Sie behauptet, sie könne mit ihnen reden«, sagte Aladdin. »Sie meint, viele Tote seien superwütend und würden gern wieder ins Leben zurückkommen. Aber das geht nun mal nicht.«

»Was machen die, wenn sie wütend sind?«, fragte Simona.

»Dann fangen sie an, mit uns, die immer noch leben, zu kämpfen.«

Er dachte ein Weilchen nach, dann fragte er:

»Was ist, glaubt ihr an so was?«

Billie dachte nach. Wie sollte man sonst den Handabdruck im Staub und die Klopfgeräusche am Fenster erklären? Sie konnte sich nicht entscheiden, was schlimmer war, ein Gespenst oder ein Mensch, der sie in dem Haus verfolgte.

»Ich weiß nicht, was ich glauben soll«, sagte sie. »Ich weiß nur, dass mit dem Haus, in dem ich wohne, irgendwas nicht stimmt.«

Lange saßen sie schweigend da und hörten dem Regen zu. Billie dachte an das, was Aladdins Mutter gesagt hatte, dass manche Tote wütend waren, weil sie nicht mehr leben durften. Wenn es nun im Haus von Billie und ihrer Mutter einen solchen wütenden Geist gab? Wie wurde man den dann los?

Als der Regen sich verzogen hatte, beschlossen Billie und Simona, zum Lebensmittelladen zu fahren, um im Auftrag von Billies Mutter einzukaufen. Aladdin wollte gern mitkommen. Ehe er das Boot verließ und abschloss, schlüpfte er in eine Abseite im Flur und kam mit einem Einrad wieder heraus.

»Kannst du darauf fahren?«, fragte Billie.

»Klar kann ich das, ist total einfach«, erwiderte Aladdin.

Fasziniert sahen Billie und Simona zu, wie er sich

auf das Rad schwang und praktisch davonflog. Für Aladdin schien alles immer einfach zu sein, genau wie für Simona.

Der Lebensmittelladen war riesig. Aladdin und Simona blödelten bei den Gefriertruhen rum, während Billie die Sachen zusammensuchte, um die ihre Mutter sie gebeten hatte.

Als sie gerade ein paar Bananen aussuchte, fühlte sie plötzlich eine Hand auf ihrer Schulter. In der Annahme, das sei Aladdin oder Simona, nahm sie eine Banane wie eine Pistole in die Hand, fuhr herum und rief:

»Hände hoch!«

Hinter ihr stand Ella, die Alte aus der Bibliothek.

Billie war so erstaunt, dass sie die Banane fallen ließ.

»Oh, Entschuldigung«, sagte sie reflexartig.

Aber die alte Ella schien nicht bemerkt zu haben, dass sie eben noch mit einer Banane bedroht worden war.

»Wir müssen uns irgendwann mal unterhalten«, flüsterte sie.

Billie sah über ihre Schulter und fragte sich, wo wohl Aladdin und Simona geblieben waren.

»Ja, klar«, erwiderte sie.

»Es ist wichtig«, wisperte die Alte. »Du und deine Familie, ihr seid in großer Gefahr. Es hat mit dem Haus zu tun.«

Hatte nicht auch Aladdin in seiner Schule gehört, dass sie in einem Unglückshaus wohnten?

»Ich heiße Ella Bengtsson«, sagte die Alte. »Ich wohne am Snickarhaksvägen in Äspet.«

Äspet war das Viertel auf der anderen Seite des Hafens, so viel wusste Billie. Aber wo waren bloß Aladdin und Simona? Allein mit dieser alten Frau, die flüsterte und komisch roch, kriegte sie fast Panik.

»Versprich mir, dass du kommst«, flüsterte die Alte.

»Versprochen«, antwortete Billie leise.

»Gut«, sagte die Frau, griff nach ihrem Einkaufskorb und verschwand.

10.

Zweimal schafften Billie und Simona es noch, nach Äspet rüber zu fahren und nach Ella Bengtsson zu suchen, ehe Simona wieder nach Hause musste. Beide Male konnten sie die alte Frau nicht finden.

»Du musst weitersuchen«, sagte Simona beim Abschied an der Bushaltestelle. »Ich komme wieder und helfe dir.«

Billie nickte. Es war ihr wichtig herauszufinden, warum jemand in ihr Haus schlich und »Verschwindet!« auf einen alten Comic schrieb. Irgendjemand störte sich daran, dass sie dort eingezogen waren, und Billie hatte Angst, dass derjenige, der diese Nachricht hinterlassen hatte, das nächste Mal etwas noch Schlimmeres unternehmen könnte.

Es war, als hätte Simonas Besuch alles ein wenig verändert. Billies Vater pflegte immer zu sagen, dass es wichtig sei, einen netten Alltag zu haben, denn Alltag wäre schließlich ziemlich oft. Und nach drei Wochen in dem Haus am Sparrisvägen merkte Billie, dass, ob sie es nun wollte oder nicht, ihre Mutter und sie sich in ihrem neuen Zuhause etwas geschaffen hatten, das einem Alltag glich. Manchmal waren sie nur zu zweit, und manchmal kam auch jemand zu Besuch, doch die meiste Zeit machten sie im Grunde dieselben Sachen. Waren am Strand, kochten, lasen, putzten und kümmerten sich um den Garten. Über das, was im Haus geschehen war, sprachen sie nicht mehr, denn dann wurde ihre Mutter nur wütend.

Widerwillig fing Billie an, ihr Zimmer mit der Dachschräge zu mögen. Sie hängte Bilder von ihrem Vater und von Oma und Opa an die Wände und machte für ein paar ihrer eigenen Bücher, die sie aus der Stadt geholt hatte, Platz in ihrem Bücherregal.

»Du wirst noch als die erste Zwölfjährige Schwedens mit eigener Bibliothek in die Geschichte eingehen«, sagte ihre Mutter.

An einem Regennachmittag schaute Billie ihr Bücherregal mal gründlich durch. Sie sah, dass die alten Bücher alle alphabetisch nach Autorennamen geordnet dastanden. Das gefiel Billie und sie stellte ihre eigenen Bücher in derselben Ordnung zwischen die anderen. Das sah hübsch aus.

»Spukt es immer noch?«, fragte Simona, als Billie und sie am Abend telefonierten.

»Ich glaube nicht«, sagte Billie. »Zumindest habe ich nichts mehr gehört.«

Deshalb hatte sie auch keine weiteren Versuche unternommen, die alte Ella zu treffen, die ihr schreckliche Dinge über das Haus erzählen wollte. Billies Mutter hatte es sich zur Gewohnheit gemacht, die Tür zum Gästezimmer abzuschließen, wenn sie schlafen gingen, und Billie fand das gut. Sie blieb nachts im oberen Stockwerk und vermied auch runterzugehen, wenn Mama schlief.

Mit Aladdin traf sie sich oft, doch immer in der Stadt oder zu Hause bei ihm.

»Warum seid ihr nie hier?«, fragte ihre Mutter.

Das war eine dumme Frage, fand Billie. Aladdin war immer allein auf dem Boot, natürlich machte es mehr Spaß, dort zu sein, als zu Hause bei Billie.

Doch eines Nachmittags tauchte er auf. Billie saß auf der Terrasse und las und ihre Mutter war einkaufen. Er sah lustig aus, wie er auf seinem Einrad durch die Einfahrt rollte.

»Ich dachte, ich muss mir doch mal ansehen, wo du wohnst«, sagte er. »Und vielleicht kann ich ja auch ein paar der Gespenster begrüßen.«

»Lieber nicht«, meinte Billie.

»Sieht ganz so aus, als würde die Farbe an einigen Stellen abblättern«, sagte Aladdin, als er die Treppe zur Terrasse hochging.

Er zeigte auf die Hauswand, wo kleine Placken Farbe abgegangen und auf die Erde gefallen waren. Die Ritzen und Sprünge, die sie schon am ersten Tag gesehen hatte, waren mit der Zeit zahlreicher und größer geworden und machten schon Muster auf den Wänden.

»Ich weiß«, sagte Billie. »Hässlich, was?«

Es dauerte nur fünf Minuten, das Haus zu zeigen, dann saßen sie auf der Terrasse und tranken Mamas selbst gemachten Johannisbeersaft.

»Und dieses Comic-Heft hast du im Gästezimmer gefunden, oder?«, fragte Aladdin.

»Hmm«, sagte Billie und schaute in ihr Saftglas.

»Das ist echt seltsam«, sagte Aladdin.

Es war ein heißer Tag, völlig windstill und ohne eine einzige Wolke am Himmel.

»Kann ich noch etwas Saft bekommen?«, fragte Aladdin.

»Natürlich«, sagte Billie. »Ich geh eben rein und hole uns noch welchen.«

Aladdin erhob sich, um mitzukommen, doch dann entdeckte er plötzlich das Eichhörnchen, das manchmal auf der Terrasse spielte und jetzt auf dem Rasen saß.

»Das ist ja süß!«, rief er.

Billie war froh. Endlich gab es etwas bei ihr, das er in seinem Hafen nicht hatte. Sie ging allein in die Küche, um neuen Saft zu holen, während Aladdin draußen blieb und das Eichhörnchen beobachtete.

Als sie an der Tür zum Wohnzimmer vorbeikam, blieb sie stehen. Irgendetwas störte sie, aber sie konnte nicht darauf kommen, was das war. Mit einem Saftglas in jeder Hand blieb sie schweigend in der Tür stehen. Ihr Mund war wie ausgetrocknet. Was stimmte hier nicht?

Dann sah sie es.

Die Deckenlampe bewegte sich, genau wie am ersten Tag, als Billie allein zu Hause gewesen war.

Sachte schaukelte sie vor und zurück. Als würde jemand daran hängen.

Billies Herz pochte wieder laut. Wie konnte die Deckenlampe schwingen, wenn die Fenster geschlossen waren und kein Wind ging?

»Aladdin, kannst du mal kommen?«, rief sie und drehte sich zu der offenen Terrassentür.

Aladdin musste an ihrer Stimme gehört haben, dass sie Angst hatte, denn eine Sekunde später stand er neben ihr.

»Was ist?«

»Sieh nur«, flüsterte Billie und zeigte mit dem einen Saftglas auf die antike Deckenleuchte.

Die Lampe hing vollkommen still.

»Aber …«, begann Billie, »eben ist sie noch hin und her geschwungen.«

»Ach was«, sagte Aladdin, »da war wahrscheinlich nur Durchzug oder so.«

»Durchzug ohne Wind?«, fragte Billie.

Da hörten sie draußen im Garten die Stimme von Billies Mutter.

»Kein Wort zu ihr«, flüsterte Billie schnell Aladdin zu. Warum passierten diese Dinge immer Billie und nie ihrer Mutter?

Aladdin sah erstaunt aus, versprach aber, Stillschweigen zu wahren.

Billies Mutter kam mit einer Einkaufstüte in jeder Hand die Treppe zur Terrasse herauf. Billie hielt immer noch die Saftgläser, und Aladdin beeilte sich, ihrer Mutter zu helfen.

»Danke, das ist nett!«, sagte sie. »Du musst Aladdin sein.«

Sie begegneten einander zum ersten Mal, und Billie sah ihrer Mutter an, dass sie Aladdin mochte. Dann sah sie noch etwas. Hinter Mama kam ein hochgewachsener

Mann die Treppe herauf. Er lächelte Billie an, als würden sie einander kennen.

»Und du musst Ebbas Tochter sein«, sagte er.

Billies Mutter sah von dem Mann zu ihrer Tochter.

»Das hier ist mein Freund Josef. Ich dachte, er könnte heute Abend mit uns essen.«

11.

Es wurde ein seltsames Abendessen. Aladdin war dageblieben und aß mit ihnen. Der Mann namens Josef redete und lachte, doch Billie fiel es schwer, sich mitreißen zu lassen. Wer war das und was wollte er?

Billies Mutter erzählte, dass Josef Polizist sei und dass er ihr geholfen habe, als jemand versucht hatte, in das Haus in der Stadt einzubrechen. Billie starrte ihre Mutter an.

»Bei uns ist eingebrochen worden? Warum hast du mir das nicht erzählt?«

Ihre Mutter senkte den Blick.

»Ich wollte dich damit nicht beunruhigen. Du hattest ja deine Vorbehalte gegen dieses Haus, und da wollte ich nicht alles noch schlimmer machen, indem ich erzähle, was mit unserem Haus in Kristianstad passiert ist.«

»Welche Vorbehalte hattest du denn gegen dieses Haus?«, fragte Josef. »Ich finde, es ist superschön.«

Billie antwortete nicht. Sie hatte keine Lust, mit einem Menschen, den sie nicht kannte, über das Haus zu sprechen. Ihre Mutter sah sie verärgert an.

»Zum Beispiel blättert die Farbe von den Wänden«, sagte Billie schließlich.

»Ach, das ist doch nichts, worüber man sich Gedanken machen muss«, sagte Josef. »Das ist nun mal so bei alten Häusern. Die können nicht so leicht zur Ruhe kommen.«

Zur Ruhe kommen. Nein, das hatte ihr Haus wirklich noch nicht geschafft.

»Billie behauptet, sie würde nachts Gespenster hören«, sagte Mama.

Josef lachte.

»Bist du nicht ein bisschen zu alt für solche Hirngespinste?«

Vielleicht hätte Billie sich vorsehen sollen, aber jetzt war es zu spät. Sie platzte vor Wut. Mit einem Ruck stand sie auf und hörte den Stuhl hinter sich umfallen und auf den Boden knallen.

»Du bist doch total bescheuert!«, schrie sie ihre Mutter an. »Und gemein! Du denkst immer nur an dich selbst!«

Mit wütenden Schritten marschierte sie ins Haus, und als sie in der Tür stand, drehte sie sich noch einmal um.

»Was glaubst du denn, was Papa sagen würde, wenn er dich hier mit einem blöden Polizisten sehen würde?«

Als die Worte ihren Mund verlassen hatten, war es zu spät. Sie konnten nicht zurückgenommen werden. Warum hatte sie das nur gesagt? Mama sah verzweifelt aus und Josef fiel die Gabel aus der Hand.

Beschämt rannte Billie in ihr Zimmer. Doch kaum hatte sie die Tür zugeschlagen, wurde sie schon wieder geöffnet. Aladdin kam herein und machte die Tür hinter sich zu.

»Willst du alleine sein?«

Billie kriegte keinen Ton heraus. Wenn sie den Mund aufmachte, würde sie anfangen, furchtbar zu weinen. Sie ließ sich auf den Fußboden beim Bücherregal sinken und Aladdin setzte sich neben sie.

»Es war blöd von deiner Mutter, sich über die Gespenster-Geschichte lustig zu machen«, sagte er.

Jetzt kamen die Tränen, als würde sie zerfließen, bloß weil jemand nett zu ihr war.

»Du glaubst mir ja auch nicht«, flüsterte sie.

Aladdin zögerte.

»Also, ich weiß nicht recht, was ich glauben soll. Ich hab ja erzählt, dass meine Mutter an Gespenster glaubt, aber mein Vater und ich tun das nicht.«

»Ich habe nie gesagt, dass es Gespenster gibt, sondern

nur, dass komische und unheimliche Dinge passieren«, sagte Billie wütend und wischte sich die Tränen ab.

Aladdin betrachtete das Bücherregal.

»Was für schöne alte Bücher«, sagte er.

»Die standen hier schon, als wir eingezogen sind.«

»Was? Die vorigen Besitzer haben nicht mal ihre Bücher mitgenommen?«

Das Erstaunen in seiner Stimme legte sich wie Watte in Billies Bauch. Es war schön, dass noch jemand anders so dachte wie sie und dass sie nicht verrückt war und sich Sachen einbildete.

»Die haben jede Menge Sachen zurückgelassen«, sagte sie.

Und sie wollte eben von den Zeichnungen erzählen, die sie vom Schreibtisch geräumt hatte, als sie etwas sah, wovon ihr eiskalt wurde.

Ihre eigenen Bücher standen nicht mehr im Bücherregal. Jemand hatte sie rausgenommen und auf dem Fußboden gestapelt. Als wären sie zwischen den anderen Bücher nicht willkommen. Das konnte nicht ihre Mutter gewesen sein, die würde nicht im Traum auf die Idee kommen, Billies geliebte Bücher anzufassen.

Ihre Finger zitterten, als sie auf den Bücherstapel zeigte.

»Die habe ich nicht dahin gelegt«, flüsterte sie und

hatte plötzlich Angst, dass noch jemand im Zimmer sein könnte. »Das da sind meine Bücher, die habe ich zusammen mit den alten ins Bücherregal gestellt. In alphabetischer Reihenfolge.«

Aladdin betrachtete lange die Bücher.

»Was willst du jetzt machen?«, fragte er. »So kann es jedenfalls nicht weitergehen.«

Billie zog die Beine an und legte das Kinn auf die Knie.

»Ich will einfach nur, dass alles wieder gut wird«, sagte sie mit dünner Stimme.

»Dann kümmern wir uns mal darum«, sagte Aladdin entschieden.

»Und wie?«, fragte Billie.

»Gute Frage. Was wollen wir denn herauskriegen?«

Billie dachte nach.

»Wir wollen herauskriegen, wer in der Nacht damals an unser Fenster geklopft hat. Und wer den Handabdruck auf dem Tisch gemacht hat und dann das Comic-Heft rausgesucht und ›Verschwindet!‹ darauf geschrieben hat.«

Aladdin nickte zustimmend.

»Was noch?«

Billie sah zum Bücherregal.

»Deine Bücher«, sagte Aladdin. »Offensichtlich gibt es jemanden, der hier ein und aus geht, ohne dass ihr davon wisst.«

»Genau«, sagte Billie.

Sie sah, dass Aladdin über etwas nachdachte.

»Glauben wir, dass es Gespenster sind, die das hier machen?«

Einerseits glaubte sie nicht an Gespenster und böse Geister. Andererseits … Sie konnte einfach nicht aufhören an die Deckenlampe zu denken, die von selbst anfing zu schwingen.

»Ich weiß es nicht«, sagte sie. »Vielleicht.«

»Wir müssen versuchen, die Familie zu finden, die vorher hier gewohnt hat«, sagte Aladdin. »Sie müssen uns erzählen, warum sie so überstürzt ausgezogen sind. Wenn man bedenkt, was sie alles hiergelassen haben, könnte man meinen, es ging um ihr Leben.«

Billie schauderte es.

»Wie sollen wir die finden?«, fragte sie. »Und sollten wir nicht auch mit der alten Frau reden?«

Aladdins dunkle Augen strahlten.

»Ich habe eine Idee«, sagte er.

12.

Wohin willst du?«, fragte Billies Mutter, als Billie mit dem Fahrradhelm unter dem Arm und der Tasche auf dem Rücken aus dem Haus verschwinden wollte.

»Raus. Ich treffe mich mit Aladdin.«

Ihre Mutter kam in den Flur hinaus. Sie hatte ein Geschirrhandtuch in der Hand.

»Wir müssen noch über gestern reden, Billie. Als du einfach vom Abendessen weggerannt bist.«

Ihre Mutter hatte bisher nichts über ihren Ausbruch am Abend zuvor gesagt, sondern hatte sie in Ruhe gelassen. Billie sah zu Boden.

»Vielleicht können wir später darüber reden.«

Ihre Mutter nickte und fingerte an dem Handtuch herum.

»Klar. Aber du sollst wissen, dass Josef nichts weiter als ein Freund ist. Ein Freund. So wie Aladdin für dich, okay?«

Die Traurigkeit kam aus dem Nichts und füllte wie ein

dicker Kloß den Hals aus. Mama strich ihr über die Wange.

»Grüß Aladdin«, sagte sie und ging in die Küche zurück.

Sie trafen sich im Hafen am Boot von Aladdin. Diesmal hatte er ein richtiges Fahrrad mit zwei Rädern dabei.

»Lass uns mal mit dieser Tante von der Bibliothek anfangen«, meinte Aladdin. »Die wohnt doch im Snickarhaksvägen, oder?«

Billie fragte sich, wie die alte Frau, wenn sie sie überhaupt fanden, wohl darauf reagieren würde, dass Aladdin dabei war. Hoffentlich würde sie nicht darauf beharren, mit Billie allein zu reden.

Das tat sie nicht. Zweimal radelten sie den Snickarhaksvägen auf und ab, als Billie sie schließlich entdeckte. Ella saß auf der Veranda eines der kleineren Häuschen und war von der Straße aus kaum zu sehen. Als Billie und Aladdin in ihre Einfahrt rollten, fuhr sie geradezu aus ihrem Stuhl auf.

»Endlich!«, rief sie.

Die ganze Hütte von Ella war voller Wachskerzen, die sie, wie sie erklärte, abends anzündete. Aus irgendeinem Grund war es ihr wichtig, dass sie zum Reden ins Haus gingen.

»Vielleicht sieht uns sonst jemand, wie wir auf der Veranda sitzen«, sagte sie mit leiser Stimme.

Billie war froh, dass Aladdin bei ihr war, denn sonst wäre ihr wirklich nicht wohl dabei gewesen, in Ellas Hütte zu gehen und bei geschlossener Tür drinnen zu sitzen.

Das Häuschen war so klein, dass es eigentlich nur aus einem einzigen Zimmer bestand, wo sich auf engstem Raum eine Küchenecke, Sofa, Bett und ein kleiner Tisch drängten. Ella scheuchte zwei große Katzen vom Sofa und bat Billie und Aladdin, sich dorthin zu setzen. Sie selbst ließ sich auf einem Küchenstuhl auf der anderen Seite des Sofas nieder.

»Wie lange wohnt ihr jetzt schon in dem Haus?«, fragte sie.

Billie und Aladdin sahen einander an.

»Billie ist es, die in dem Haus wohnt«, erklärte Aladdin. »Ich wohne im Hafen.«

»Ich weiß sehr gut, wer du bist«, sagte Ella. »Das sind doch deine Eltern, denen der Türke im Turm gehört, oder?«

Aladdin nickte mit großen Augen und Billie sah die Alte zum ersten Mal lächeln. Sie hatte freundliche Lachfältchen um die Augen. Eigentlich sah sie richtig nett aus.

»Seit Juli wohnen wir jetzt in dem Haus«, sagte sie.

Sie war erstaunt, als sie daran dachte. War wirklich schon so viel Zeit vergangen? In nur einer Woche würde die Schule wieder anfangen.

»Wie groß ist deine Familie?«, fragte Ella.

»Nur Mama und ich.«

Ella seufzte und schüttelte den Kopf.

»Da bin ich aber froh, dass ihr nicht mehr seid«, sagte sie. »Andererseits habt ihr schon zu lange in dem Haus gewohnt. Ihr müsst da raus! Je schneller, desto besser!«

Wenn Ella so sprach, wurde ihre Stimme lauter, und Billie erinnerte sich an die Worte der Bibliothekarin, dass Ella eine lebendige Fantasie habe und sich Sachen einbilden würde, um dann andere damit zu erschrecken.

»Wieso ist es denn so eilig?«, fragte Aladdin.

Das Geräusch des Regens auf Ellas Dach unterbrach das Gespräch. Billie meinte, irgendwo weit entfernt das Grummeln von Donner zu hören. Sie hoffte, das Unwetter würde rasch vorüberziehen, denn sie hatte keine Lust, unnötig lange bei Ella zu bleiben.

Aladdin ging es offenbar genauso, denn er war ungeduldig:

»Können Sie nicht einfach erzählen, was denn so gefährlich an dem Haus ist?«

Ella lehnte sich auf ihrem Stuhl zurück.

»Die Jugend von heute«, klagte sie mit müder Stimme. »Ihr seid so rastlos, nie habt ihr Zeit, mal innezuhalten und die Dinge ordentlich zu durchdenken.«

Eine der Katzen, die sie vom Sofa verscheucht hatte, sprang vom Fußboden hoch und legte sich auf ihren Schoß. Ella strich ihr über den Rücken.

Nach einer Weile des Schweigens sah sie Billie an und sagte:

»Ich muss gleich sagen, dass ich nicht alles weiß. Aber ich weiß eine Menge, genug jedenfalls, um sicher zu sein, dass das Haus, in dem du wohnst, nicht normal ist.«

In diesem Moment war ein lauter Donnerschlag zu hören, der Billie und Aladdin auf dem Sofa zusammenzucken ließ.

Ella sah aus dem Fenster.

»Es ist jetzt mehr als fünfzig Jahre her, dass ich euer Haus zum ersten Mal betreten habe«, sagte sie. »Und ich habe sofort gemerkt, dass da irgendwas nicht stimmte.«

13.

Früher einmal hatte Ella als Putzfrau bei verschiedenen Familien in Åhus gearbeitet. Mehrere der Familien hatten in Billies Haus gewohnt.

»Das war Ende der Fünfzigerjahre«, erklärte Ella. »Ich sollte zweimal die Woche das Haus putzen. Die Kinder, die dort wohnten, waren bleich und ängstlich. Zu Anfang nahm ich an, dass sie vor ihrem Vater Angst hätten. Das war ein großer und grober Kerl, der seine Familie anbrüllte und sie sicher auch schlug.«

Sie unterbrach sich, als sie Billies und Aladdins entsetzte Gesichter sah.

»Damals ging es anders zu«, sagte sie. »Zu der Zeit durfte man seine Kinder züchtigen. Ich ging nicht gern dorthin, denn was, wenn er auf die Idee käme, auch mich zu schlagen?«

Aladdin wand sich ungeduldig auf dem Sofa, wartete aber freundlich darauf, dass Ella weiter erzählte.

»Ich habe ziemlich schnell begriffen, dass der Vater nicht das Problem der Familie war. Nein, das Haus selbst war es. Ihr müsst wissen: Sie waren nicht allein dort.«

Sie fixierte Billie mit ihren großen Augen.

»Du weißt, wovon ich rede, stimmt's?«

Obwohl Billie nicht ganz sicher war, nickte sie.

»Glaub schon.«

Als der nächste Donner zu hören war, schossen die Katzen von ihren Plätzen hoch und versteckten sich unterm Esstisch.

»Das sind solche Feiglinge«, murmelte Ella.

Billie hätte sich am liebsten auch unter einem Tisch versteckt, doch stattdessen rückte sie auf dem Sofa ein klein wenig näher an Aladdin heran.

»Hast du gesehen, wie sich die Deckenlampe im Wohnzimmer bewegt?«, fragte Ella.

Billie spürte, wie ihre Wangen rot wurden. Dann hatte sie sich das doch nicht eingebildet!

»Ja, ja«, sagte Ella. »Es ist völlig gleich, was für eine Lampe man an diese Decke hängt, sie wird dennoch vor und zurück schwingen.

»Nicht die ganze Zeit«, sagte Billie.

»Nein, aber jeden Tag einmal.«

»Warum tut sie das?«, fragte Aladdin.

Mit einem Mal sah Ella aus, als würde sie zögern.

»Ich weiß nicht recht, wie viel ich erzählen darf«, sagte sie. »Immerhin seid ihr ja noch Kinder.«

»Wir werden es schon verkraften«, sagte Aladdin und streckte sich. »Nicht wahr, Billie?«

»Klar«, sagte Billie, doch ihre Stimme war nur mehr ein Flüstern.

»Nun gut«, sagte Ella entschieden. »Es heißt, die Deckenlampe in dem Zimmer bewegt sich, weil eine junge Frau dort gestorben ist. Ich weiß nicht, wer sie war, und ich weiß auch nicht, warum sie gestorben ist, doch so wie ich gehört habe, soll einmal ein sehr unglückliches Mädchen in dem Haus gewohnt haben. Und sie hat sich an dem Haken an der Decke aufgehängt.«

Das war schlimmer als alles, was Billie sich vorgestellt hatte.

»War sie wirklich tot?«, fragte sie. »Die Frau, die sich aufgehängt hat?«

»Na klar war sie tot«, sagte Aladdin.

»Und jetzt spukt sie bei uns, weil wir in dem Haus wohnen?«

Ella verzog den Mund.

»Na ja, spuken, das klingt so kindisch, wenn du das sagst«, meinte sie. »Ich würde eher sagen, dass auf dem Haus ein Fluch liegt.«

Billie und Aladdin sahen einander an. Ein Fluch?

»Was bedeutet das?«

»Dass es allen, die dort wohnen, schlecht ergehen wird. Ich habe für insgesamt vier Familien in diesem Haus als Putzfrau gearbeitet. Keine davon hat länger als drei Jahre dort gewohnt und allen ist irgendein Unglück geschehen. Wie viele Familien danach in dem Haus gewohnt haben, weiß ich nicht, aber es dürfte nicht schwer sein, das rauszukriegen.«

»Und was für Unglücksfälle waren das?«, fragte Aladdin.

»Alle möglichen«, sagte Ella. »In der ersten Familie, ihr wisst schon, die mit dem gemeinen Vater, fiel der älteste Sohn die Treppe hinunter und brach sich an drei Stellen das Bein. Und den Kopf hat er sich auch angeschlagen. In der Familie danach war es die Mutter, die verletzt wurde. Da fing der Herd in der Küche Feuer, und es hat ihr das ganze Gesicht verbrannt.«

»Aber Unglücksfälle passieren doch andauernd«, sagte Aladdin skeptisch. »Dass Leute die Treppe runterfallen oder dass alte Herde anfangen zu brennen, das geschieht doch nicht nur in Billies Haus.«

»Findest du es nicht seltsam, dass sich ausgerechnet in diesem Haus so viele Unglückfälle ereignet haben?«, fragte Ella.

»Vielleicht, vielleicht auch nicht«, sagte Aladdin.

»Seit es gebaut worden ist, hat dieses Haus das Unglück angezogen«, verkündete Ella entschieden. »Wenn ich mich recht entsinne, war es ursprünglich mal eine Schule. Ich weiß noch von damals, als ich neu im Ort war, dass viel darüber getuschelt worden ist. Man redete von einer Schule, die man schließen müsse, weil es den Kindern, die sie besuchten, übel erging. Und man hat von den Glaskindern geredet.«

Billie sah zu Aladdin, der erwiderte ihren Blick.

»Glaskinder?«, fragte Billie.

»So wurden offenbar die Kinder genannt, die in die Schule in deinem Haus gingen. Ich habe keine Ahnung, warum.«

Das hatte Billie auch nicht, aber sie würde es gern erfahren.

»Wisst ihr, warum die letzte Familie ausgezogen ist?«, fragte Ella und sah Billie geradewegs an.

»Nein«, sagte Billie. »Wissen Sie es?«

»Nein, aber ich denke, du solltest versuchen, es rauszukriegen. Denn die haben wirklich nicht sehr lange dort gewohnt.«

»Die hatten es so eilig, wegzukommen, dass sie nicht mal ihre Möbel mitgenommen haben«, ergänzte Billie.

Ella sah erstaunt aus.

»Welche Möbel?«

»Anscheinend alle. Die sind einfach abgehauen. Als sie vorigen Sommer weggezogen sind, war das ganze Haus noch voller Sachen.«

»Gute Güte«, wisperte Ella und stand auf.

Ohne etwas zu sagen, ging sie zur Spüle und goss sich ein Glas Wasser ein. Sie fragte nicht, ob Billie und Aladdin auch Durst hätten.

»Wer hat denn gesagt, dass sie vorigen Sommer ausgezogen sind?«, fragte sie.

»Der Mann, der uns das Haus gezeigt hat«, erklärte Billie. »Martin hieß er, mehr weiß ich nicht.«

Ella nahm einen Schluck aus dem Glas.

»Ich weiß nicht, wer dieser Mann ist«, begann sie langsam. »Aber ich weiß, dass in den letzten zwei Jahren niemand permanent in diesem Haus gewohnt hat. Und was die Möbel angeht ...«

Sie hielt inne.

»Hast du ein Metalltischchen mit kleinen bunten Steinchen darauf gesehen?«

Das Tischchen, auf dem Billie den Handabdruck gefunden hatte.

»Das steht in unserem Gästezimmer«, sagte sie leise.

»Mein Gott«, flüsterte Ella.

Sie stellte das Glas ab und stützte sich mit einer Hand auf der Spüle ab, als würde sie sonst umfallen.

»Dieser Tisch stand schon dort, als ich vor mehr als fünfzig Jahren zum ersten Mal in das Haus kam«, sagte sie. »Früher ist das Haus immer möbliert verkauft worden. Fragt mich nicht, warum, aber so war es. Alle Familien, für die ich dort gearbeitet habe, hatten im Prinzip dieselben Möbel. Und jetzt sitzt du fünfzig Jahre später hier und sagst, dass die immer noch dort stehen.«

Billie stand auf und Aladdin folgte ihrem Beispiel. Das, was Ella sagte, konnte unmöglich wahr sein. Warum hätte der Mann, der ihnen das Haus gezeigt hatte, sowohl, was die Möbel, als auch, was den Auszug der vorigen Bewohner anging, lügen sollen? Natürlich hatte er bei anderen Sachen gelogen, doch nichts von dem war so wichtig gewesen. Oder doch?

»Wir müssen jetzt gehen«, sagte Billie. »Vielen Dank, dass wir vorbeikommen durften.«

»Ihr dürft gerne wiederkommen, wenn ihr noch mehr Fragen habt«, sagte Ella.

Der Regen trommelte weiterhin laut auf das Dach und der Himmel wurde immer wieder von großen Blitzen erhellt. Sie würden klatschnass sein, bis sie auf ihrer Seite des Hafens waren.

Doch Billie dachte nicht an das Unwetter, sondern an die Deckenlampe im Wohnzimmer und an die Glaskinder. Konnte es wirklich wahr sein, dass in dem Haus jemand gestorben war? Und wer waren die Glaskinder?

14.

Obwohl sie fürchtete, das könnte eine schlechte Idee sein, konnte Billie, als sie nach Hause kam, es doch nicht sein lassen, ihrer Mutter zu erzählen, was sie erfahren hatte.

Erst einmal sagte ihre Mutter kein Wort.

»Kannst du nicht mal mit unseren Nachbarn sprechen?«, fragte Billie, um die Stille auszufüllen.

»Worüber?«, fragte ihre Mutter.

»Wann sie das letzte Mal hier im Haus Leute gesehen haben. Wenn das mehrere Jahre lang leer gestanden hat, dann müssen sie das doch bemerkt haben.«

Billie war so aufgeregt gewesen, als sie Ellas Haus verließen, dass sie direkt den ganzen Weg zum Sparrisvägen geradelt war, anstatt noch mit zu Aladdin zu fahren.

Und jetzt stand sie im Flur, und alles, was sie gehört hatte, sprudelte nur so aus ihr heraus. Sie war völlig durchnässt vom Regen und es tropfte von ihren Kleidern auf den Fußboden.

»Billie«, sagte ihre Mutter ernst. »Ist es dieser Aladdin, der sich ausgedacht hat, hier im Haus würde es spuken?«

Aladdin? Wie meinte sie das? Es waren doch schließlich schon, bevor Billie ihn kennengelernt hatte, seltsame Dinge in dem Haus passiert.

»Nein«, sagte sie, »und ich habe ja auch nicht gesagt, dass es spukt, sondern nur, dass ...«

»Weißt du was«, unterbrach ihre Mutter sie, »sowie ich Zeit habe, werde ich mit unseren Nachbarn sprechen. Denn jetzt müssen wir der Sache mal auf den Grund gehen.«

Billie war froh. Mama sprach mit sanfter Stimme weiter.

»Sagen wir so: Ich spreche mit den Nachbarn. Und wenn die Nachbarn sagen, dass die Familie vorigen Sommer ausgezogen ist, und nicht vor zwei Jahren, wie diese alte Tratschtante behauptet, dann beschließen wir, dass du die ganze Sache vergisst. Okay?«

Billie dachte nach. Sie kannten die Nachbarn kaum, die konnten alles Mögliche behaupten. Aber sie wagte nicht, Mama in diesem Punkt noch weiter zu provozieren, denn dann würde sie überhaupt nicht mit denen reden.

»Okay«, sagte sie widerstrebend.

Ihre Mutter war erleichtert.

»Gut!«, rief sie. »Jetzt spring mal unter die Dusche und sieh zu, dass du wieder richtig warm wirst, ehe wir zu Abend essen.«

In dem Augenblick klingelte das Telefon, und Billies Mutter lief, um ranzugehen.

»Ja, hallo, Josef«, hörte Billie sie sagen.

Zögerlich ging sie ins Bad und zog sich langsam ihre nassen Kleider aus. Plötzlich fühlte sie sich sehr allein.

Später am Abend konnte Billie nicht einschlafen. Sie versuchte es mit allen Tricks, aber es ging einfach nicht. Am Ende gab sie auf und schaltete die Leselampe ein, die ihre Mutter über ihrem Bett angebracht hatte.

Billie schielte missmutig auf die Uhr und seufzte. Es war gleich zwölf. Sie nahm das Buch, das auf dem Nachttisch lag. Ein Kapitel würde sie auf alle Fälle noch lesen können, ehe sie einen neuen Einschlafversuch unternahm.

Doch obwohl die Augen Wort für Wort lasen, wanderten Billies Gedanken woandershin. Alles, was die alte Ella gesagt hatte, flatterte wie verirrte Schmetterlinge in ihrem Kopf herum.

Aladdin war skeptisch gewesen, als sie die Hütte der Alten verlassen hatten.

»Hat die jetzt eine einzige Sache gesagt, die uns weiterbringt?«, hatte er gefragt.

Billie hatte das Gefühl gehabt, Ella verteidigen zu müssen.

»Sie hat gesagt, dass es mehreren Familien in dem Haus schlecht ergangen ist, dasselbe, was in deiner Schule geredet wird. Und denk mal, immerhin hat sie von der Lampe im Wohnzimmer gesprochen. Ich habe selbst gesehen, wie die sich bewegt.«

»Wir müssen rauskriegen, ob auch das andere stimmt«, hatte Aladdin gesagt. »Das, ob euer Haus zwei Jahre leer gestanden hat, und nicht nur eines.«

»Und vergiss nicht, was sie über die Möbel gesagt hat«, hatte Billie hinzugefügt. »Und über diese Kinder, die Glaskinder genannt werden.«

Als sie nach Hause gekommen war, hatte sie sich an den Computer gesetzt und versucht, Informationen über ihr Haus und über die Glaskinder zu finden. Sie hatte rein gar nichts gefunden.

Das änderte nichts, hatte Billie beschlossen. Ella konnte trotzdem recht haben. Schon der Gedanke, dass die Möbel im Haus mehr als fünfzig Jahre alt sein könnten und überhaupt nicht der vorigen Familie gehörten, machte Billie Angst. In dem Fall stimmte wirklich etwas ganz und gar nicht.

Billie hatte eben die Nachttischlampe ausgeschaltet, als sie es hörte. Genau wie damals, als Simona da gewesen war.

Es klopfte ans Fenster.

Klopf, klopf.

Oh, nein.

Billie kroch unter die Decke.

Nicht jetzt. Nicht, wenn sie allein war.

Die Entfernung zu Mamas Zimmer wuchs mit einem Mal unendlich, als würde ihre Mutter sich auf einem anderen Planeten befinden. Auf keinen Fall würde Billie wagen, ihr Bett zu verlassen, solange jemand an die Scheibe klopfte.

Billie hielt die Luft an und wartete und wartete. Schließlich hörte das Klopfen auf, aber sie wagte trotzdem noch nicht, sich zu rühren. Erst nach einer langen Zeit hob sie den Kopf vom Kissen und horchte, so angestrengt sie konnte. Lange saß sie mit wild pochendem Herzen in der Dunkelheit und wartete darauf, dass die Klopfgeräusche wiederkehren würden.

Aber das taten sie nicht. Nach einer Weile traute sie sich, die Decke abzuschütteln und das Bett zu verlassen. Sie mochte nicht aus dem Fenster schauen, so wie Simona es getan hatte, sondern stand nur im Zimmer und horchte, bis sie sich versichert hatte, dass alle Geräusche verschwunden waren. Erst dann konnte sie aufatmen.

Allmählich schlug Billies Herz wieder normal. Einen Moment lang erwog sie, Aladdin oder Simona anzurufen, dann fiel ihr aber ein, dass die beiden wahrscheinlich schliefen. Am besten legte sie sich auch wieder hin.

Wenn sie nur nicht zur Toilette gemusst hätte.

Sie würde nicht einschlafen können, wenn sie nicht vorher pinkeln ging. Verdammt aber auch!

Den ganzen Körper angespannt, schlich Billie aus dem Zimmer. Sie schaltete kein Licht ein, um Mama nicht zu wecken, sondern lief nur leise die Treppe hinunter zur Toilette. Sie machte die Tür hinter sich zu und schloss auch ab und beeilte sich, so gut sie konnte.

Als sie wieder in den Flur rauskam, sah sie, dass die Tür zum Gästezimmer offen stand. Die Tür, die Mama abends immer abschloss, seit Billie und Simona nachts in dem Zimmer gewesen waren.

Billie schluckte. Vielleicht hatte Mama einfach vergessen, die Tür abzuschließen.

Oder aber …

Sie konnte sich jetzt nicht wieder hinlegen, sie musste es wissen. Ihr Körper war gespannt wie eine Geigensaite, als sie die wenigen Meter zum Gästezimmer ging und hineinschaute.

Alles war wie immer.

Wirklich? Auf dem kleinen Tisch, wo Billie und Simona das Comic-Heft gefunden hatten, lag etwas. Aber diesmal war es keine Zeitschrift.

Billie wurde von dem Tisch wie magnetisch angezogen. Jemand hatte eine der Zeichnungen dorthin gelegt, die sie am ersten Tag in den Karton gepackt hatte. Aber das war nicht alles.

Auf der Zeichnung standen zwei kleine Figuren aus Glas, die einen Jungen und ein Mädchen darstellten. Beide Kinder hatten ernste Gesichter und trugen altmodische Kleider. Die Farben, mit denen das Glas angemalt worden war, waren verblichen, doch man konnte noch sehen, dass der Junge ein blaues Hemd anhatte und das Mädchen ein rotes Kleid.

Glaskinder, dachte Billie. Genau, was Ella erzählt hatte.

Dann sah sie, was auf der Zeichnung geschrieben stand:

»Schluss mit Suchen. Sonst endet es böse.«

15.

Aladdin war es, der die Idee hatte, wie sie den Namen von der Familie rauskriegen könnten, die vorher in dem Haus gewohnt hatte.

»Es muss doch einen Vertrag geben«, sagte er zu Billie. »Als deine Mutter das Haus gekauft hat, muss sie ein Papier unterschrieben haben, auf dem auch der Name der anderen Familie stehen muss.«

Natürlich, dachte Billie.

Sie hatte aufgehört, mit Mama über all die seltsamen Dinge zu reden, die im Haus passierten, das brachte einfach nichts. Aber mit Aladdin sprach sie umso mehr, und ihm wurde auch unheimlich, als sie ihm die Zeichnung zeigte, die sie im Gästezimmer gefunden hatte, und als sie ihm von den Glaskindern erzählte, die auf dem Tisch gestanden hatten.

»Ich hab mich so gefürchtet, dass ich die ganze Nacht nicht mehr geschlafen habe«, erzählte Billie unglücklich.

»Schluss mit Suchen«, las Aladdin, was auf der Zeichnung stand. »Also, dieses Haus klammert sich wirklich an seine Geheimnisse.«

Billie nickte. Doch sie hatte nicht vor, sich verschrecken zu lassen. Wenn das Haus Geheimnisse barg, dann wollte sie wissen, welche das waren. Die vorige Familie zu finden war schon mal ein guter Anfang. Aber dafür mussten sie deren Namen haben.

Als ihre Mutter das nächste Mal beim Einkaufen war, ergriff Billie die Chance. Sie lief in deren Zimmer, um den Vertrag zu suchen. Mama war nicht sonderlich gut darin, ihre Sachen zu ordnen, um ehrlich zu sein, überhaupt nicht gut. Ihr Vater war es gewesen, der für die Ordnung in der Familie zuständig war und der dafür gesorgt hatte, dass alle Papiere in den richtigen Aktenordnern verschwanden.

Billie wusste, dass ihre Mutter die »wichtigen Dinge« in einer Schreibtischschublade aufbewahrte. Sie hatte Billie die Schublade einmal gezeigt und gesagt, dass dort auch ein Ersatzschlüssel zum Haus läge, ihre Pässe und ein paar andere Papiere, die wichtig waren. Sie nahm mal an, dass ihre Mutter fand, dass ein Kaufvertrag auch eine solche wichtige Sache sei.

Mamas Zimmer sah genauso aus wie Billies, mit Dachschräge und einem Fenster im Giebel. Doch die Möbel waren anders und die Farben ebenso. Genauso wie in Billies Zimmer hatte ihre Mutter auch alle Möbel außer dem Bett behalten. Man konnte sehen, dass hier jemand gewohnt hatte, der erwachsen war. Alle Möbel waren aus Holz und braun. Sogar der Sessel, der in einer Ecke stand, war braun.

Konnten die Möbel in dem Haus wirklich so alt sein, wie Ella gesagt hatte? Billie setzte sich probehalber in den Sessel und versank gleich tief in dem Polster. Neben dem Sessel standen ein Spinnrad und ein kleiner Hocker. Billie schloss die Augen und sah vor sich, wie jemand auf dem Hocker saß und mit dem Spinnrad spann. Schnell machte sie die Augen wieder auf. Sie war nicht gern allein zu Hause und wollte nicht weiter darüber nachdenken, wie alt die Möbel waren.

Jetzt ging es um den Vertrag.

Ihre Hand zitterte leicht, als sie die Schreibtischschublade berührte. Sie war nicht verschlossen, aber schwer rauszuziehen.

Mama würde mindestens eine Stunde weg sein, und das war ein Glück, denn in der Schublade lag alles durcheinander. Man sollte nicht erkennen können, dass sie dort herumgewühlt hatte, deshalb hob Billie vorsichtig die Papiere hoch, um zu sehen, ob sie das fand, was sie suchte. Sie stieß auf Rechnungen und

Quittungen und Gehaltsabrechnungen, aber keinen Vertrag.

Die Geräusche von Vögeln auf dem Dach ließen sie erstarren. Manchmal waren sie da, manchmal nicht. Nachts war es genauso. In manchen Nächten saßen die Vögel ganz still, in anderen machten sie so ein Theater, dass sie davon wach wurde.

Billie wollte schon aufgeben und stattdessen in Mamas unordentlichem Bücherregal nach dem Vertrag suchen, als sie in der Schublade ein offenes Kuvert entdeckte. Sie nahm es heraus und drückte darauf. Es schien einen ganzen Stapel Papier zu enthalten. Billie merkte, wie sie aufgeregt wurde, als sie den Packen aus dem Umschlag zog. »Kaufvertrag« stand auf dem Deckblatt.

Endlich! Sie las die erste Seite und fand sowohl Mamas Namen als auch ihre Adresse zu Hause in der Stadt. Weiter unten entdeckte sie, was sie gesucht hatte:

Verkäufer: David und Marie Stjärnguld.

Billie wurde ganz heiß vor Freude. David und Marie Stjärnguld, so hießen sie. Ein seltsamer Nachname, fand Billie. Aber es war auch schön, einen ungewöhnlichen Namen zu haben. So wie zum Beispiel Aladdin, der war auch anders, aber auf eine gute Weise. Sie las weiter. Und wurde traurig. Denn wenn sie den Vertrag richtig interpretierte, dann war die Familie nach Deutschland gezogen.

Billie verließ der Mut. Deutschland war weit weg von Åhus. Sie schaute den Vertrag sorgfältig durch, vielleicht hatten sie eine Telefonnummer oder Adresse hinterlassen, damit man sie finden konnte? Doch das hatten sie nicht.

Sie steckte den Vertrag wieder in das Kuvert und legte es in die Schublade. Jetzt würde sie sofort zu Aladdin fahren. Sie durften nicht so schnell aufgeben. Die Familie wohnte zu weit weg, um sie besuchen zu können, und sie würden sie auch nicht anrufen können. Aber jetzt hatten sie wenigstens einen Namen.

Stjärnguld. So hießen nicht viele.

16.

Aladdin las in Billies Notizbuch, in das sie den Namen der Familie geschrieben hatte.

»Was sollen wir jetzt tun?«, fragte Billie. »Wie sollen wir herauskriegen, warum sie weggezogen sind? Vielleicht könnten wir im Ort herumfahren und fragen, ob jemand die Familie Stjärnguld kannte, als sie noch hier wohnte?«

Sie saßen in Aladdins Zimmer. Im Hafen drängten sich immer noch viele Menschen, um die Boote anzusehen und Eis zu essen, doch Billie fand, man merkte, dass der Sommer langsam zu Ende ging. Sie sehnte sich danach, dass die Schule wieder anfangen und sie jeden Tag in Kristianstad sein würde.

Aladdin holte einen Laptop und startete ein paar Suchanfragen. Familie Stjärnguld gab es nirgends. Schweigend legte er den Laptop wieder beiseite und stellte sich hin, um in dem Regal über dem Bett nach etwas zu suchen. Nach einer Weile fand er, was er suchte.

»Wusste ich doch, dass ich die aufgehoben habe«, sagte er und warf ein paar Hefte herunter.

Er setzte sich neben Billie.

»Jahrgangshefte aus der Schule«, erklärte er.

Billie sah die glänzenden Hefte an. Es gab eines für jedes Jahr, in dem Aladdin in die Schule gegangen war. Da es in Åhus nicht so viele Schulen gab, passten sämtliche Schulkinder in ein Heft. Da drin waren also Klassenfotos von allen, die in den letzten Jahren im Ort eine Schule besucht hatten.

Aladdin gab ihr zwei Hefte.

»Was meinst du, wie viele Stjärnguld mit Nachnamen heißen? Ich wette, wenn wir in diesen Heften ein paar Kinder finden, die so heißen, dann gehören sie zu der Familie, die in deinem Haus gewohnt hat.«

Die Hefte waren schnell durchgeblättert. Billie betrachtete die Bilder und war froh, dass sie weiterhin die Schule in der Stadt besuchen würde. Hier kannte sie keinen einzigen Menschen.

Das erste Heft, das Billie durchsah, stammte aus dem vorvorigen Schuljahr, also dem, das vorigen Sommer zu Ende gegangen war. Der Mann, der Billie und ihrer Mutter das Haus gezeigt hatte, hatte behauptet, dass die Familie in jenem Sommer weggezogen sei. Wenn das stimmte und wenn die Familie überhaupt

Kinder hatte, dann müssten sie in dem Heft abgebildet sein.

Aber das waren sie nicht.

»Vielleicht waren sie an dem Tag, als der Fotograf kam, krank«, meinte Aladdin.

»Dann ist man aber trotzdem erwähnt«, sagte Billie. »Guck mal, hier stehen die Namen von allen, die an dem Tag krank oder verreist waren.«

Sie sah das Heft vom Jahr davor durch. In der Oberstufe gab es niemanden, der Stjärnguld hieß. Und auch nicht in der Mittel- oder Unterstufe. Wenn nun die Kinder, so wie Billie, in Kristianstad zur Schule gegangen waren? Wenn sie nach Hause kam, könnte sie ihre eigenen Abschlusshefte ja auch noch durchsehen.

Das Boot schaukelte ein wenig und Billie verlor sich in Gedanken.

»Bist du durch?«, fragte Aladdin. »Ich habe nichts gefunden.«

Und da sah Billie den Namen des Mädchens. Es stand unter dem letzten Bild im Heft, das fünfzehn Kinder zeigte, die in die erste Klasse gegangen waren.

Wilma Stjärnguld.

Das Mädchen saß ganz außen in der untersten Reihe. Sie hatte Haare wie Simona, dick und lockig, aber ihre waren blond und nicht rot.

Billie und Aladdin betrachteten lange das Bild. Wilma Stjärnguld hatte vor drei Jahren in der ersten Klasse angefangen, in einem der späteren Hefte war sie aber nicht zu finden. Hatte Ella womöglich recht gehabt, als sie behauptete, die Familie sei vor zwei Jahren und nicht erst voriges Jahr weggezogen?

Hatte der Mann, der ihnen das Haus gezeigt hatte, auch bei anderen Sachen gelogen?

»Wir fahren zur Schule, in die sie gegangen ist«, entschied Aladdin. »Vielleicht kriegen wir was raus, wenn wir die Lehrer befragen.«

»Aber da ist jetzt doch niemand«, sagte Billie. »Haben die Lehrer nicht auch Sommerferien?«

»Die fangen zwei Wochen vor uns an«, sagte Aladdin, »um zu planen, was wir im nächsten Schuljahr im Unterricht machen und wie unsere Stundenpläne aussehen werden.«

Aladdin fuhr vorneweg, um den Weg zu zeigen. Er selbst war nicht in die Schule von Wilma gegangen, hatte aber Freunde, die dort gewesen waren.

Die Schule thronte still und verlassen auf ihrem Schulhof. Billie zählte die Gebäude und kam auf drei kleinere rote Häuser und ein etwas größeres, das wahrscheinlich die Turnhalle war.

»Komm, wir müssen zum Lehrerzimmer«, sagte Aladdin und zog sie am Arm.

Sie gingen um die kleineren Häuser herum und schauten durch die Fenster. In dem Haus, das am weitesten entfernt lag, sah man mehrere Erwachsene in den verschiedenen Räumen.

»Bestimmt ist es hier«, meinte Billie. Im gleichen Moment hatte sie auch schon ein Mann, der mit einer Kaffeetasse in der Hand dastand, entdeckt.

Billie hockte sich automatisch hin, sodass sie nicht mehr vorm Fenster zu sehen war.

»Was machst du denn?«, fragte Aladdin. »Wir wollen doch, dass sie uns sehen und herkommen und aufmachen.«

Da kam Billie sich blöd vor.

Und tatsächlich ging kurz darauf die Tür auf und der Mann mit der Tasse in der Hand trat auf die Treppe.

»Kann ich euch mit irgendwas helfen?«, fragte er.

17.

Billie fand, der Mann sah in seinem grünen Opa-Pullover und den schlabberigen Jeans aus wie ein netter Onkel.

»Wir wollten fragen, ob Sie ein Mädchen namens Wilma Stjärnguld kennen«, sagte Aladdin. »Oder vielleicht einer der anderen Lehrer.«

Der Mann runzelte die Stirn.

»Was wollt ihr von Wilma?«

»Wir wollen nur wissen, ob sie hier zur Schule gegangen ist«, sagte Aladdin, obwohl sie ja schon wussten, dass es so war. »Billie ist in das Haus von der Familie Stjärnguld gezogen. Dürfen wir reinkommen?«

Als Aladdin erwähnte, in welchem Haus Billie wohnte, fiel dem Mann fast die Kaffeetasse aus der Hand.

»Ja doch, klar, kommt rein«, stammelte er und trat einen Schritt zurück.

Billie und Aladdin folgten ihm in das Schulgebäude.

»Ich verstehe nicht genau, worauf ihr hinauswollt«, sagte der Mann, »aber ich war Wilmas Lehrer.«

»Ah«, sagte Billie, die langsam genauso gut im Schwindeln war wie Aladdin. »Das heißt, sie wohnt nicht mehr in Åhus?«

»Nein, die Familie ist vor zwei Jahren weggezogen.«

Billie wagte kaum zu atmen. Ella hatte also recht gehabt.

»Wissen Sie, wohin die gezogen sind?«, fragte Aladdin.

»Ich glaube, ins Ausland«, sagte der Mann und nahm einen Schluck aus seiner Tasse.

»Warum sind sie denn weggezogen?«, fragte Billie.

Der Mann sah sie lange an und blickte dann auf seine Uhr.

»Das weiß ich nicht«, sagte er. »Und jetzt habe ich keine Zeit mehr, um hier zu stehen und mit euch zu reden.«

Wie verärgert er klang. Oder ängstlich?

»Gibt es denn niemanden sonst, der mehr weiß?«, fragte Aladdin.

»Nein, den gibt es nicht«, sagte der Lehrer. »Und jetzt seht mal zu, dass ihr nach Hause kommt.«

»Der war ja komisch drauf«, sagte Aladdin, als die beiden wieder auf dem Schulhof standen.

Das fand Billie auch.

»Ich glaube, er hat gelogen«, sagte sie. »Ich glaube, er weiß mehr, als er erzählen wollte.«

»Das glaube ich auch«, sagte Aladdin.

Billie suchte in ihrer Tasche nach dem Fahrradschlüssel.

»Jetzt fahren wir zu dir«, sagte sie. »Ich muss aufs Klo.«

»Kannst du nicht hier gehen?«, fragte Aladdin. »Ich dachte, wir könnten uns noch ein Eis kaufen.«

Billie schielte zur Schule.

»Jetzt komm schon«, sagte Aladdin. »Du musst nur reingehen und nach der Toilette suchen.«

Ich bin einfach die meiste Zeit feige, dachte Billie. Simona würde nicht eine Sekunde zögern.

»Ich beeile mich«, sagte sie entschieden und lief zurück zum Schulhaus.

Diesmal wartete sie nicht darauf, dass jemand die Tür aufmachte, sondern schlüpfte schnell hinein. Sie ging den Flur hinunter und hielt nach einer Toilette Ausschau. Dabei hoffte sie zutiefst, dass niemand sie entdecken würde.

Auf der rechten Seite stand eine Tür offen und sie hörte Stimmen aus dem Raum.

Eine der Stimmen erkannte sie. Das war der Mann mit der Kaffeetasse.

»Ich wusste nicht, was ich sagen sollte.«

Eine Frau antwortete:

»Das war schon richtig, dass du nicht erzählt hast, was passiert ist. So etwas müssen Kinder nicht erfahren.«

Billie stand mucksmäuschenstill und horchte.

»Sie hatte immer so viel Angst vor allem«, seufzte der Mann. »Das Mädchen wirkte doch, als würde es am helllichten Tag Gespenster sehen.«

»Wilma war sehr speziell«, erwiderte die Frau. »Genau wie dieses Haus.«

»Das Mädchen, das hier war und nach Wilma gefragt hat, behauptet, es würde jetzt in dem Haus wohnen.«

Billie hörte, wie die Frau nach Atem rang.

»Das kann doch nicht wahr sein«, stieß sie hervor. »Man kann an dem Ort doch kein gutes Leben führen.«

»Ja, aber man kann auch nicht anfangen, an Trolle und Geister zu glauben«, sagte der Mann. »All die Geschichten um das Haus am Sparrisvägen, können die wirklich wahr sein?«

»Ich finde, man sollte das Haus abreißen und ein neues dorthin bauen«, murmelte die Frau. »Es wird offensichtlich immer schwerer, neue Besitzer dafür zu finden. Jetzt hat es doch mehrere Jahre leer gestanden.«

»Möge es für die neuen Besitzer besser ausgehen«,

sagte der Mann leise. »Es wäre schlimm, wenn noch mehr Menschen zu Schaden kommen würden.«

»Ja, wirklich«, erwiderte die Frau. »Es fing mit diesen Glaskindern an, und danach ist es nie wieder gut geworden. Die arme Wilma. Erinnerst du dich noch, was sie erzählt hat? Dass sie nicht schlafen konnte, weil jemand an ihr Fenster geklopft hat? Und dass, wenn niemand zu Hause war, jemand in ihr Zimmer ging und ihre Spielsachen durcheinanderbrachte?«

»Nun, man kann verstehen, dass die Eltern ihr nicht geglaubt haben«, sagte der Mann. »Aber nachdem sie fast ertrunken ist, hat sich ja alles geändert. Da kamen sie ganz schön auf Trab.«

»Und das war keinen Tag zu früh«, ergänzte die Frau. »Schließlich hat jemand versucht, sie unter Wasser zu ziehen.«

Billie wusste nicht, was sie tun sollte. Dann hatte also jemand versucht, Wilma zu ertränken! Deshalb war die Familie so eilig weggezogen.

Mit pochendem Herzen lief Billie wieder raus zu Aladdin. Im Haus am Sparrisvägen war niemand sicher, so viel war klar.

18.

Mamas Urlaub ging zu Ende und Billie wurde krank. Sie hatte Fieber und Halsschmerzen und musste das Bett hüten.

»Hast du genug Bücher, um den Tag zu überstehen?«, fragte ihre Mutter besorgt, ehe sie zur Arbeit ging.

»Jaja«, antwortete Billie. Das Problem damit, einen ganzen Tag allein zu sein, war wohl kaum, dass sie zu wenig zu lesen hätte, sondern dass das Haus, in dem sie wohnte, lebensgefährlich war.

Ihre Mutter seufzte bekümmert.

»Ich habe kein gutes Gefühl dabei, dich hier allein zu lassen, wenn du krank bist«, sagte sie.

»Ich komm schon klar«, meinte Billie.

»Im Kühlschrank steht Essen, das du dir warm machen kannst.«

Ihre Mutter beugte sich herab und gab ihr einen Kuss auf die Stirn.

»Ich rufe nachher an. Pass auf dich auf. Versprichst du das?«

Billie versprach es.

Und dann fiel ihr ein, dass sie vergessen hatte, ihre Mutter etwas zu fragen.

»Hast du eigentlich schon mit den Nachbarn gesprochen?«, fragte sie.

Billie hatte ihrer Mutter nicht erzählt, was Aladdin und sie über die Familie Stjärnguld gehört hatten. Aber sie war doch neugierig, was ihre Mutter von den Nachbarn gehört haben könnte.

Mama sah erstaunt aus.

»Mit den Nachbarn? Nein, wieso sollte ich?«

»Du hast gesagt, du würdest mit ihnen reden und sie fragen, wann die Familie ausgezogen ist.«

Ihre Mutter verstummte.

»Ah, genau«, sagte sie. »Doch, das habe ich gemacht.«

Billie setzte sich kerzengerade im Bett auf. Dann wusste Mama also auch, dass sie vor zwei Jahren und nicht vor einem ausgezogen waren.

»Und was haben sie gesagt?«, fragte sie eifrig.

Ihre Mutter kratzte sich am Kopf und kniff die Augen zusammen, als würde sie über etwas sehr Kompliziertes nachdenken.

»Sie haben gesagt, dass die Familie vor einem Jahr

weggezogen sei, genau wie Martin, der uns das Haus gezeigt hat, es auch gesagt hat.«

»Aber ...«

Billie wusste nicht, was sie sagen sollte. Entweder log ihre Mutter oder die Nachbarn logen. Billie vermutete mal, dass ihre Mutter schwindelte.

Die sah jetzt auf die Uhr.

»Ich muss los«, sagte sie. »Du weißt doch noch, was du mir versprochen hast, oder?«

Billie legte sich wieder hin. Was hatte sie versprochen?

»Du hast versprochen, dass du aufhörst, nach Fehlern bei dem Haus zu suchen, wenn ich mit den Nachbarn spreche. Erinnerst du dich?«

»Ja.«

Es hatte keinen Sinn, noch weiter mit ihr darüber zu reden. Dann würden sie sich nur streiten.

Ihre Mutter sah erleichtert aus.

»Sehr gut. Dann haben wir jetzt genug über diese misslichen Dinge geredet. Mach dir einen gemütlichen Tag, mein Liebes. Ich beeile mich heute Nachmittag mit dem Nachhausekommen.«

Ihre Schritte ließen die Treppe knarzen, und dann hörte Billie die Tür zuschlagen. Ihre Mutter hatte gelogen.

Vielleicht lag es daran, dass sie Fieber hatte und so viel schlief, doch nach einer Weile fand Billie, dass es eigentlich schön war, allein zu Hause zu sein. Die Sonne kam und ging, ohne dass es sonderlich heiß wurde, und Billie ließ das Fenster offen stehen. Draußen hörte man die Nachbarn den Rasen mähen, und das war ein Geräusch, das Billie mochte. Als ihr Vater noch lebte, hatte er sehr darauf geachtet, dass sie einen schönen Rasen hatten.

»Das ist das Erste, was die Leute sehen, wenn sie auf das Haus gucken«, hatte er gesagt.

Dann mähte und mähte er, während ihre Mutter und Billie ihm vom Küchenfenster aus zusahen und kicherten. Es war lange her, seit sie so miteinander gelacht hatten.

Kurz nach dem Mittagessen klopfte es an der Tür. Billie erstarrte in ihrem Bett. Es kamen nur selten Leute einfach so vorbei. Leise schlich sie die Treppe hinunter und fragte, wer da sei, ehe sie die Tür aufschloss.

»Ich bin's nur!«

Natürlich Aladdin.

»Ich bin krank«, sagte Billie, als sie ihm aufgemacht hatte.

»Das weiß ich doch. Ich dachte, vielleicht langweilst du dich, und deshalb bin ich mal vorbeigekommen. Kann ich kurz bleiben?«

Billie lächelte.

»Na klar.«

Sie setzten sich auf die Terrasse. Aladdin schaukelte in der Hollywoodschaukel und Billie hielt sich ein wenig auf Abstand.

»Wie lange werdet ihr auf dem Hausboot wohnen?«, fragte Billie.

»Bis nächste Woche die Schule anfängt.«

Sie schwiegen.

»Ist die letzten Tage noch mehr passiert?«, fragte Aladdin. »Ich meine, im Haus?«

Billie schüttelte den Kopf. Nein, es war ruhig gewesen.

Dann erzählte sie, dass ihre Mutter sie angelogen hatte.

»Sie glaubt dir nicht«, meinte Aladdin. »Deshalb.«

»Ich weiß«, sagte Billie. »Langsam wird die Zeit knapp. Wir müssen mehr über das Haus herausbekommen, damit sie kapiert, dass es gefährlich ist.«

Sie dachte an das, was der Lehrer in der Schule über Wilma Stjärnguld gesagt hatte. Dass sie Klopfgeräusche am Fenster gehört, aber niemand ihr geglaubt hatte.

»Wenn nur Kinder die ganzen unheimlichen Dinge sehen, dann wird sich Mama niemals überzeugen lassen«, sagte Billie.

Aladdin antwortete nicht, sondern betrachtete etwas hinter ihrem Rücken.

»Guck mal«, flüsterte er.

Billie drehte sich um. Man konnte durch den Flur ins Wohnzimmer sehen. Aladdin zeigte auf die Lampe, die an der Decke hing. Die schwang geräuschlos hin und her, genauso, wie Billie es schon früher gesehen hatte.

Obwohl es mitten am Tag war, bekam Billie richtig Angst. Die Sonne hatte sich hinter eine Wolke verzogen und sie fror.

Sie zweifelte nicht mehr. Im Haus spukte es. Und der Geist würde sie nicht in Ruhe lassen, ehe sie auszogen.

19.

Die Farbe von der Hausfassade blätterte immer mehr ab. Das Blau fiel plackenweise herunter, sodass auf den Hauswänden die gelben Flecken wuchsen.

»Ich verstehe das nicht«, sagte ihre Mutter, als sie und Billie eine Runde um das Haus drehten und die Flecken betrachteten.

Billie war wieder gesund und die Ferien waren zu Ende. Sie war froh, dass das neue Schuljahr angefangen hatte. Jetzt war alles besser, wenn sie wusste, dass sie nur abends und nachts in dem Haus sein musste. Wenngleich die Abende und die Nächte am schlimmsten waren.

Ihre Mutter rief Josef an und bat ihn, zu kommen und die Flecken anzusehen. Billie meinte, das Haus würde die blaue Farbe abschütteln, weil es ihm nicht gefiel, dass es anders gestrichen worden war. Mit der Farbe war es wie mit allen Menschen, die versucht hatten, sich in dem Haus niederzulassen – sie wurden abgeschüttelt.

Aladdin und seine Eltern zogen aus dem Hausboot aus und wohnten jetzt wieder in ihrem Haus. Aladdin musste wie immer in die Schule in Åhus gehen und Billie und er sahen sich nicht mehr so oft. Aber sie riefen einander jeden Abend an.

»Wir müssen mehr über das Haus rauskriegen«, sagte Aladdin. »Wir können jetzt nicht einfach aufgeben, nicht, ehe wir es geschafft haben, deine Mutter davon zu überzeugen, dass es gefährlich ist.«

Das Haus in der Stadt war noch nicht verkauft, und Billie hoffte, dass sie das Geheimnis des Åhus-Hauses würden lüften können, ehe jemand das Haus in Kristianstad kaufte. Denn dann brauchten sie einfach nur wieder nach Hause zu ziehen. Aladdin sah traurig aus, als sie das sagte.

»Ich kann doch ganz oft kommen und dich besuchen!«, sagte Billie.

Doch das würde nicht dasselbe sein, und das wusste sie auch. Wenn sie von Åhus wegzog, würde sie Aladdin verlieren, und wenn sie blieb, dann würde sie sich von ihren Freunden in der Stadt entfernen. Sie merkte schon, dass Simona anders zu ihr war, als die Schule anfing.

»Hast du Lust, mal nach der Schule mit nach Åhus zu kommen?«, fragte Billie. »Mama hat gesagt, du kannst bei uns übernachten.«

Simona verzog das Gesicht.

»Hast du denn dann Zeit für mich? Wo du dich jetzt nur noch mit Aladdin abgibst?«

Billie war verletzt.

»Das stimmt doch gar nicht«, sagte sie. »Es ist nur einfach nicht so wahnsinnig viel passiert im Sommer. Und du warst schließlich mehrere Wochen lang verreist.«

Am Ende hörte Simona auf, sauer zu sein, und als die erste Schulwoche um war, fuhr sie am Freitagnachmittag mit Billie nach Åhus.

»Was ist denn mit der Farbe passiert?«, fragte sie erstaunt, als sie mit den Rädern aufs Grundstück rollten und ihr Blick auf das Haus fiel.

»Das werde ich dir erzählen!«, versprach Billie.

Sie saßen auf der Terrasse und aßen, während Billie berichtete, was ihr alles passiert war. Sie erzählte auch, was Aladdin und sie unternommen hatten, nachdem Simona nach Hause gefahren war.

»Oh, ich wünschte, ich hätte dabei sein können!«, sagte Simona. »Du hast es hier ja total spannend gehabt.«

Doch da war Billie anderer Meinung. Sie fand, das war alles eher schlimm als spannend.

»Was wollt ihr denn jetzt als Nächstes tun?«, fragte Simona und biss in einen Zimtwecken, den Billie aufgetrieben hatte.

»Wir dachten, wir könnten mal in die Bibliothek in Kristianstad gehen und fragen, ob die vielleicht wissen, wo man was über alte Häuser rausbekommen kann.«

Das war Aladdins Idee gewesen.

»In die Bibliothek?«, fragte Simona. »Habt ihr denn nichts im Internet finden können?«

»Wir haben gesucht wie blöd, aber überhaupt nichts gefunden«, sagte Billie. »Ich glaube, das ist alles zu lange her, als dass es darüber was im Internet gäbe.«

»Wenn ihr in die Bibliothek geht, will ich aber mitkommen«, sagte Simona entschieden.

Sie wollte nicht weiter ausgeschlossen werden, und Billie sagte, dass sie ihnen gerne Gesellschaft leisten könne. Simona war eine wichtige Freundin und sie wollte sich nicht mit ihr streiten. Schließlich hatte sie schon genug Probleme.

Und es würden noch mehr dazukommen. Das fing an, als Simona am Samstag nach Hause gefahren war. Ihre Mutter hatte Kopfschmerzen und legte sich mitten am Tag ins Bett. Also war Billie allein mit Josef, der gekommen war, um sich die Sache mit der Farbe anzusehen.

»Um alte Häuser muss man sich kümmern«, sagte er, »und ich glaube, das haben die früheren Besitzer nicht getan. Sieh nur hier.«

Er zeigte Billie eine Stelle.

»Man kann ein Haus nicht einfach immer wieder überstreichen. Früher oder später muss man alle Farbe abtragen und neu anfangen.«

Neu anfangen. Das war ja genau, was das Haus nicht wollte.

»Ihr müsstet eigentlich einen Teil des Geldes, das ihr für das Haus bezahlt habt, zurückbekommen«, meinte Josef. »Die früheren Besitzer hätten euch das mit der Farbe sagen müssen.«

Billie war froh. Sie hoffte, dass dieser Makel so groß wäre, dass ihre Mutter all ihr Geld zurückhaben wollte, und nicht nur einen Teil. Damit sie wieder nach Hause ziehen konnten.

Aladdin kam zu Besuch und sie spielten mit Josef ein Spiel. Billies Mutter konnte nicht mitmachen, sondern blieb im Bett.

»Was ist denn los mit ihr?«, fragte Aladdin.

»Sie hat Kopfschmerzen«, meinte Billie.

Josef sah besorgt aus.

»Ich glaube, es ist mehr als das«, meinte er. »Sie hat jetzt auch ein bisschen Fieber, so wie du es hattest, Billie.«

Billie konnte nicht anders, als sich Sorgen zu machen, wenn ihre Mutter krank war. Das war so, seit ihr Vater gestorben war.

Josef kochte etwas zu essen, aber Billies Mutter wollte nichts. Um zehn Uhr musste Aladdin nach Hause radeln.

»Ich rufe morgen an«, sagte er.

Billie legte sich schlafen.

»Ich kann hierbleiben, wenn du willst«, sagte Josef. »Falls du dir wegen deiner Mutter Sorgen machst.«

Sie zögerte. Wo sollte er schlafen? Das Gästezimmer war immer noch voller Zeug.

»Ich kann auf dem Sofa schlafen«, sagte er, als er begriff, warum sie nicht antwortete.

Eigentlich wollte Billie, dass er nach Hause fuhr, doch gleichzeitig hatte sie das ganz starke Gefühl, dass sie es bereuen würde, wenn sie sein Angebot ablehnte.

»Ich hole Bettzeug«, sagte sie.

Als die Uhr auf Mitternacht zuging, lag sie immer noch da und las. Sie war hellwach. Jedes Mal, wenn sie versuchte, das Buch wegzulegen, fingen die Gedanken in ihrem Kopf an zu kreisen. Ihr fielen die Worte ein, die jemand auf die Zeichnung geschrieben hatte, die sie im Gästezimmer gefunden hatte.

»Schluss mit Suchen.«

Doch sie hatte immer weiter in Dingen gestochert, die vor langer Zeit geschehen waren. Wenn jetzt nur deswegen etwas Schreckliches passierte?

Am Ende musste sie dennoch eingeschlafen sein, denn als sie aufwachte, war es immer noch Nacht, aber das Haus war voller Geräusche. Jemand jammerte, und ein Mann sagte:

»Pass auf, die Treppe ist ziemlich schmal!«

Billie fuhr aus dem Bett hoch und rannte aus dem Zimmer. Zwei Männer waren dabei, etwas die Treppe hinunterzutragen. Es dauerte nur einen Moment, ehe Billie begriff, dass es eine Trage war und dass ihre Mutter drauflag.

Josef fing Billie auf und legte seine Arme um sie, als sie versuchte, hinter der Trage herzurennen.

»Lass mich los!«, schrie Billie.

»Es ist nichts Schlimmes«, sagte Josef, aber man konnte hören, dass er Angst hatte. »Deine Mutter hat einfach nur so schreckliche Kopfschmerzen bekommen, dass ich den Notarzt rufen musste. Ich konnte sie doch nicht selbst ins Krankenhaus bringen und dich hier alleine lassen. Das wollte deine Mutter auch nicht.«

Billie fing an zu weinen.

Jetzt hatte der Geist gekriegt, was er wollte. Ihre Mutter war krank geworden und musste ins Krankenhaus. Wenn sie es jetzt nicht schaffte?

Wer würde sich dann um Billie kümmern?

20.

Hirnhautentzündung«, sagte der Arzt.

Billie bekam solche Angst, dass sie ihre Hand in die von Josef legte. Er umfasste sie ganz fest.

»Aber sie wird doch wieder gesund?«, fragte sie.

»Ja, das wird sie«, sagte der Arzt. »Aber es wird eine Weile dauern. Es war sehr gut, dass Sie so schnell gekommen sind. Wenn Sie die Nacht noch abgewartet hätten, dann wäre sie viel schlechter dran gewesen.«

»Wie lange wird sie hier liegen müssen?«, fragte Josef.

»Schwer zu sagen. Wir müssen mal ein paar Tage abwarten und dann sehen, wie es ihr geht.«

Der Arzt sah in seine Papiere und fragte:

»War sie in der letzten Zeit krank?«

Billie und Josef schüttelten die Köpfe.

Der Arzt zuckte mit den Schultern.

»Dann ist es also einfach ein unglücklicher Zufall«, meinte er. »Blöd, aber so was passiert.«

Billie wollte den Mund aufmachen und schreien, es sei überhaupt nicht einfach nur ein Zufall, dass Mama krank geworden war, sondern dass sie krank war, weil sie in einem schrecklichen Haus lebten. Aber jetzt war Schluss damit. Sowie Billie nach Hause käme, würde sie Aladdin und Simona anrufen. Jetzt war es wirklich höchste Zeit, aus dem Haus rauszukommen, ehe noch etwas Schlimmeres passierte.

»Sollen wir jemanden anrufen oder kümmern Sie sich um das Mädchen?«, fragte der Arzt Josef und sah Billie an. »So wie ich es verstanden habe, sind Sie lediglich ein Freund der Familie.«

»Das kriegen wir schon hin«, sagte Josef. »Sie müssen niemanden anrufen.«

Josef und Billie hatten schon auf der Fahrt in die Stadt darüber gesprochen. Sie würden Opa und Oma anrufen und fragen, ob sie kommen und sich um Billie kümmern konnten.

Sie durften noch eine kurze Zeit bei Billies Mutter sitzen, dann fuhren sie wieder zurück nach Åhus.

»Wir müssen mal ein paar Stunden schlafen«, meinte Josef.

Erst da merkte Billie, wie erschöpft sie war. Als sie die kühle Bettwäsche an ihrem Körper spürte, entspannte sie sich und machte die Augen zu. Das Letzte, was sie hörte, ehe sie einschlief, waren die Vögel, die auf dem Dach herumhüpften.

Unglücklicherweise war ihre Oma auch krank geworden, weshalb sie und der Opa nicht kommen und Billie versorgen konnten.

»Es ist nichts Ernstes«, sagte Oma, »nur eine gewöhnliche Erkältung mit Fieber. Aber da ist es sicher besser, wenn wir dich und Mama jetzt nicht besuchen. Stell dir vor, wenn ich sie anstecke und es ihr noch schlechter geht!«

Das konnte Billie verstehen, und deshalb kam es so, dass Josef einzog und auf dem Sofa schlief, solange Billies Mutter im Krankenhaus war. Aladdin kam ganz außer Atem angefahren und bestellte Grüße von seinen Eltern und sagte, dass Billie auch herzlich eingeladen sei, bei ihnen zu wohnen, doch sie wollte lieber zu Hause bleiben. Morgens fuhr Josef sie zur Schule und nachmittags ging sie zu ihrer Mutter ins Krankenhaus. Josef kam dann nach der Arbeit auch dorthin.

Und Aladdin besuchte Billie jeden Abend.

»Wir müssen jetzt mal in die Bibliothek gehen«, sagte er, als Billies Mutter drei Tage im Krankenhaus gelegen hatte. »Wir können nicht länger warten.«

»Gleich morgen fahren wir hin«, entschied Billie.

»Wir müssen herauskriegen, warum die Farbe abblättert«, sagte Josef, als sie abends beim Essen saßen. »Oder besser gesagt, warum sie das getan hat. Es scheint nämlich, als würde das jetzt aufhören. Wir müssen jemanden holen, der sich mit Farben auskennt.«

Billie sagte nichts. Erst fiel die Farbe ab, und dann nicht mehr. Sie hatte nachts keine Klopfgeräusche oder andere Laute mehr gehört, und sie hatte auch keine weiteren Nachrichten im Gästezimmer mehr erhalten, obwohl sie zwei Nächte in Folge aufgestanden war und nachgesehen hatte. Es war, als würde das Haus den Atem anhalten und abwarten, was als Nächstes passierte.

»Geht es gut mit Josef?«, fragte Billies Mutter, als Billie abends mit ihr telefonierte. Sie klang erschöpft und besorgt.

»Ja, klar«, sagte Billie. »Aber du kannst dich trotzdem beeilen mit dem Gesundwerden.«

»Ich tue, was ich kann, mein Liebes«, erwiderte ihre Mutter.

Das stimmte, denn der Arzt hatte gesagt, dass es ihrer Mutter viel besser ging und dass sie bald nach Hause könnte. Er erzählte Billie mehrere Male, wie übel es hätte ausgehen können, wenn ihre Mutter nicht ins Krankenhaus gekommen wäre.

Billie versuchte, sich vorzustellen, wie ihr Leben geworden wäre, wenn ihre Mutter auch gestorben wäre, aber es tat viel zu sehr weh, daran zu denken. Wenn ihre Mutter sterben würde, wäre Billie der einsamste Mensch auf der ganzen Welt.

21.

Billie und Simona holten Aladdin vom Bus aus Åhus ab und spazierten dann mit ihm zur Bibliothek. Sie war viereckig, hatte große Steinplatten an den Wänden und war viel größer als die in Åhus, aber Billie fand sie bei Weitem nicht so gemütlich.

»Da sitzt jemand, mit dem wir reden können«, sagte Aladdin und zeigte auf einen jungen Mann, der hinter einem Tisch saß und Bücher sortierte.

Über seinem Schreibtisch hing ein Schild, auf dem »Information« stand. Er sah freundlich aus, als er zu ihnen schaute.

»Setzt euch«, sagte er und zeigte auf drei Stühle vor seinem Schreibtisch. »Womit kann ich euch helfen?«

»Ich wüsste gern mehr über das Haus, in dem ich wohne«, sagte Billie.

»Das muss doch möglich sein«, meinte Simona.

»Ganz bestimmt«, erwiderte der junge Mann. »Hat es

mit dem Haus etwas Besonderes auf sich? Ich meine, ist es berühmt? Ein Schloss vielleicht?«

Billie sah ihre Freunde an. Berühmt war es vielleicht nicht, aber alle Leute in Åhus schienen es zu kennen. Doch bevor sie dorthin gezogen war, hatte Billie noch nie von ihm gehört. Und ein Schloss war es ganz sicher nicht.

»In dem Haus passieren komische Sachen«, sagte Aladdin. »Deshalb wüssten wir gern mehr.«

Nach einigem Zögern sagte Billie:

»Wir glauben, dass es da drin vielleicht spukt.«

Sie errötete, als sie das sagte. In ihrem Alter glaubte man doch nicht mehr an Gespenster.

»Verstehe«, sagte der junge Mann. »Wo liegt denn das Haus?«

Billie nannte ihre Adresse und der Bibliothekar dachte nach.

»Kommt mal mit«, sagte er dann und stand auf.

Er nahm sie mit zu einem der Regale ganz hinten in der Bibliothek.

»Hier habt ihr Bücher, die von dem handeln, was wir Geisterwesen nennen. Vielleicht könntet ihr mit dem hier mal anfangen.«

Es zog ein dickes Buch aus dem Regal und gab es Billie. Sie las, was auf der Vorderseite stand: »Heimgesuchte Häuser von Nord bis Süd.«

»Was ist denn mit ›heimgesucht‹ gemeint?«, fragte Simona.

»Dass Geister und Gespenster das Haus nicht in Ruhe lassen«, erklärte der Bibliotheksangestellte. »Dieses Buch handelt von den bekanntesten Spukhäusern in Schweden, aber ich bin, ehrlich gesagt, nicht sicher, ob das, von dem ihr sprecht, auch dabei ist.«

Billie blätterte in dem Buch. Die meisten Häuser, die dort beschrieben wurden, sahen ganz und gar nicht aus wie Häuser, sondern waren Schlösser.

»Aber ich glaube, es wäre besser, wenn ihr in unserem großen Zeitungsarchiv suchen würdet«, empfahl der junge Mann. »Mit etwas Glück hat irgendeine Zeitung einmal über das Haus geschrieben, und dann kann ich euch helfen, den Artikel rauszusuchen.«

Das klang schon besser, fand Billie. Sie beschlossen, dass Simona das Buch einmal gründlich durchsehen sollte, während Billie und Aladdin im Archiv suchten.

Der Mann zeigte ihnen einen Computer, an den sie sich setzen durften.

»Hier könnt ihr Wörter eintragen, nach denen ihr suchen wollt«, sagte er und zeigte auf ein Suchfeld.

Billie und Aladdin sahen sich an. Sie hatten keine Ahnung, welches Wort sie nehmen sollten, das etwas mit Billies Haus zu tun haben könnte.

»Schreib ›Spukhaus in Åhus‹«, sagte Aladdin, und Billie schrieb schnell die Worte in das Suchfeld.

Kein einziger Treffer.

»Dann probiert es mit der Straße, an der das Haus liegt«, schlug der Bibliotheksmann vor.

Billie schrieb »Sparrisvägen« und wartete. Der Computer zeigte an, dass es zehn Artikel gab, in denen der Sparrisvägen erwähnt wurde. In Billie wuchs die Aufregung.

»Siehe da«, meinte der junge Mann. »Ich werde euch helfen, diese Texte rauszuholen.«

Während er suchte, setzten sich Billie und Aladdin zu Simona.

»Hast du was gefunden?«, fragte Billie.

»Sieh mal hier«, sagte Simona und zeigte auf die Seite, die sie las.

»Die Mysterien von Åhus« lautete die Überschrift des Textes, der von verschiedenen Häusern in der Gegend um Åhus handelte, von denen ihre Besitzer behaupteten, sie seien heimgesucht. Billie hielt den Atem an, als sie in der Mitte des Textes las:

Besonders viele heimgesuchte Häuser gibt es nicht in Åhus, aber eines, das von kundigen Personen als definitiv interessant bewertet wird, liegt in einem Ortsteil namens Täppet. Es handelt sich bei dem Haus um ein kleineres Holzhaus, in dem sich angeblich vor einigen Jahren eine junge Frau unter mysteriösen Umständen erhängt hat. Gerüchte besagen, sie sei als Tote in dem Haus verblieben und wolle allen, die dort einziehen, Böses.

In den 1920er-Jahren war das Haus ein Kinderheim und trug damals den Namen »Sonnenfleckchen«. Die Frau, die sich erhängte, arbeitete als Kinderpflegerin in dem Kinderheim.

Billie holte tief Luft. Damit war ganz klar ihr Haus gemeint, denn das war ja fast genau, was die alte Ella ihr und Aladdin erzählt hatte. Aber Ella hatte gesagt, das Haus sei eine Schule und kein Kinderheim gewesen.

»Kann sie sich getäuscht haben?«, fragte Billie.

»Sie ist ja schließlich ziemlich alt«, meinte Aladdin.

Billie las den Text noch einmal.

»Da steht nichts von diesen Glaskindern«, seufzte sie enttäuscht.

Der Bibliotheksangestellte kam zu ihnen.

»Die Artikel sind nur auf Mikrofilm vorhanden«, sagte er. »Wisst ihr, was das ist?«

»Nein«, antwortete Billie.

»Das bedeutet, dass man sich an einen speziellen Apparat setzen muss, um sie lesen zu können. Ein Mikrofilm ist ein minikleines Foto, das der Apparat dann so vergrößert, dass man den Text auf einem Bildschirm lesen kann. Wir haben einen solchen Apparat im Untergeschoss, falls ihr die Filme ansehen wollt.«

Billie klemmte sich das Buch über die heimgesuchten Häuser unter den Arm und folgte dem jungen Mann in die Kellerräume. Aladdin und Simona setzten sich rechts und links von ihr vor den Bildschirm. Der Bibliotheksangestellte schaltete den Apparat ein und zeigte ihnen, wie er funktionierte. Es war ein wenig umständlich, doch als sie es erst einmal kapiert hatten, ging es richtig schnell.

Die ersten Artikel, die sie durchsahen, hatten überhaupt nichts mit Billies Haus zu tun, sondern handelten von zwei Familien, die sich zerstritten hatten, und von entlaufenen Katzen und anderen Dingen, die niemand von ihnen lesen wollte.

»Scheint ja echt viel los zu sein, wo du wohnst«, scherzte Simona, als sie einen Artikel über einen Jungen fanden, der ein neues Rezept für Erdbeermarmelade erfunden hatte.

Aladdin wechselte den Film, sodass sie die letzten Artikel ansehen konnten.

Und da.

Alle drei verstummten, als sie das Bild neben dem Artikel sahen. Es war schwarz-weiß, aber man konnte doch deutlich erkennen, dass darauf Billies Haus abgebildet war. Es sah aus, als ob es gebrannt hätte.

5. Mai 1940. In der vorvergangenen Nacht wurde ein Haus am Sparrisvägen in Åhus von einem schweren Brand heimgesucht. Die Polizei möchte derzeit noch keine Aussage dazu machen, was die Ermittlungen ergeben haben, doch ist davon auszugehen, dass es sich bei dem Brand um einen tragischen Unglücksfall handelt. Als das Feuer ausbrach, befanden sich ein junges Paar und ihr Sohn im Haus. Die Frau kam in den Flammen um, doch der Familienvater, Manne Lund, schaffte es, sich und seinen Sohn zu retten. Der Junge überlebte ohne weitere Schäden, erlitt aber einen schweren Schock. Was mit dem Haus geschehen wird, ist derzeit noch unklar.

Das Haus war also zunächst ein Kinderheim gewesen und hatte dann einer Familie gehört. Und nicht nur die junge Frau, die sich erhängt hatte, war dort gestorben, sondern noch eine weitere Person hatte ihr Leben in dem Haus verloren. Doch ihr Mann und ihr Kind hatten überlebt. Wenn sie einen von denen finden könnten, dann könnten die sicher viel davon erzählen, was nach dem Brand geschehen war. Vielleicht wussten sie sogar etwas über die Glaskinder.

22.

Im ganzen Haus roch es nach gebratenen Fleischbällchen. Billie saß in ihrem Bett und las, während Josef Essen kochte. Da klingelte das Telefon. Schnell warf Billie das Buch aus der Hand und lief runter, um zu hören, ob es Mama war.

»Das ist aber nett von deinen Eltern, Aladdin«, hörte sie Josef sagen. »Ich stehe gerade am Herd und brate Fleischbällchen, aber die können wir ebenso gut morgen essen.«

Er wandte sich zu Billie.

»Aladdin ist dran. Seine Eltern wollen uns heute zum Abendessen in ihr Restaurant einladen.«

Billie jubelte. Aladdin hatte sie schon mehrere Male zum Restaurant der Eltern mitgenommen, doch niemals, um zu essen, sondern weil er irgendetwas von seiner Mutter oder seinem Vater brauchte.

Josef zog die Bratpfanne von der Herdplatte.

»Komm, dann sausen wir mal gleich los«, sagte er.

Aladdin wartete auf dem Parkplatz vorm Turm auf sie, als sie mit ihren Fahrrädern ankamen. Der Eifer blitze aus seinen Augen.

»Hast du Josef schon erzählt, was wir heute in der Bibliothek rausgefunden haben?«, flüsterte er, als sie hinter Josef die Treppe raufgingen.

»Nein«, antwortete Billie.

Sie fürchtete, dass Josef genauso böse werden könnte wie ihre Mutter, wenn sie davon anfing, dass es in dem Haus spukte.

»Ich habe nachgedacht«, sagte Aladdin. »Ich glaube, es gibt mindestens zwei Geister in deinem Haus. Sowohl das Mädchen, das sich aufgehängt hat, als auch die Frau, die in dem Haus verbrannt ist. Vielleicht kämpfen sie miteinander. Möglicherweise gibt es ja eine Regel, die sagt, dass in jedem Haus immer nur ein Geist wohnen darf.«

Billie dachte nach. Das würde bedeuten, dass die Geister miteinander stritten und nicht mit Billie und ihrer Mutter. Aber wie konnte man dann all das erklären, was in der jüngsten Zeit passiert war?

»Ich glaube auch, dass es mehr als einen Geist geben kann«, flüsterte sie Aladdin zu. »Aber es kommt mir doch stark so vor, als wollten sie uns etwas anhaben und als würden sie versuchen, uns aus dem Haus rauszukriegen.«

Aladdins Miene war ernst.

»Fragt sich nur, warum«, sagte er. »Was wollen die denn mit dem Haus?«

Es war ein kleines Restaurant, das nur für einige wenige Gäste Platz bot. Billie wusste, dass die Küche ganz unten im Turm war. Sie hatte Aladdins Mutter schon sagen hören, das Schwierigste wäre, dafür zu sorgen, dass das Essen nicht kalt wurde, bis sie es die lange Treppe hinaufgetragen hatte.

»Vermisst du deine Mutter?«, fragte Josef, als sie sich setzten.

Billie nickte und schluckte. Jede Stunde und jede Minute vermisste sie ihre Mutter.

»Ich auch«, meinte Josef.

Sie saßen schweigend da, als Aladdin mit der Speisekarte kam.

»Meine Eltern sagen, dass ihr einfach nehmen sollt, was ihr wollt.«

Billie und Josef klappten die Speisekarten auf und begannen zu lesen. Aladdin stand an ihrem Tisch und wartete.

»Ich denke, ihr solltet das Lamm probieren«, sagte er.

»Dann tun wir das!«, lachte Josef und klappte seine

Karte wieder zusammen. »Dann können wir nämlich hinterher dir die Schuld geben, wenn es uns nicht geschmeckt hat.«

Er blinzelte Billie zu und Aladdin verschwand.

»Ich muss dir etwas erzählen«, sagte Josef, als sie wieder allein waren. »Von eurem Haus.«

Billie war neugierig.

»Ich habe heute mit einem Kollegen über dich und deine Mutter gesprochen, und er wusste ganz genau, in welchem Haus ihr wohnt.«

»Was?«, fragte Billie erstaunt. »Kennt er jemanden, der drin gewohnt hat?«

»Nein«, erwiderte Josef, »aber er stammt aus Åhus und hat ein paar interessante Dinge über die Geschichte des Hauses gesagt.«

Aladdins Mutter kam mit einem Tablett und stellte Billie einen Sprudel und Josef ein Bier hin.

»Und was?«, fragte sie. »Was wusste er?«

»Dass euer Haus ein Kinderheim war. Wusstest du das?«

Billie zögerte. Sollte sie erzählen, was sie in der Bibliothek erfahren hatten? Nein, das traute sie sich nicht. Noch nicht.

»Nein«, sagte sie. »Wann war das?«

»Vor langer Zeit. Mein Kollege meinte, es sei in den

Zwanzigerjahren gewesen. Ich glaube, 1920 bis 1922. Die Gemeinde hat das Haus für die Kinder bauen lassen.«

»1920 bis 1922? Das ist ja nicht gerade lang. Was ist danach passiert?«

»Ich weiß nicht«, meinte Josef, »und mein Kollege war auch nicht sicher.«

Ohne es erklären zu können, hatte Billie das Gefühl, dass die Geschichte des Hauses als Kinderheim bedeutsam war und vielleicht zum Teil die schlimmen Dinge, die passiert waren, aufklären könnte.

Warum hatte es das Kinderheim nur so wenige Jahre gegeben? Hatte das mit den Glaskindern zu tun? Billie beschloss, am nächsten Tag weiterzuforschen. Sie würden noch mal in die Bibliothek gehen müssen.

Nun kam Aladdins Mutter mit zwei großen Tellern.

»Lamm«, sagte sie. »Das beste aus Skåne. Bitte schön.«

Das Essen roch wunderbar und Billie aß schnell.

Der nächste Sommer würde anders aussehen. Da würden Mama und sie wieder in die Stadt gezogen sein. Der erste Schritt dazu war, herauszufinden, was mit dem Haus nicht stimmte. Der zweite, Mama davon zu überzeugen, dass sie es verlassen mussten.

Als sie fertig gegessen hatten, kam Aladdins Vater zu ihrem Tisch und begrüßte sie. Josef fragte, wie lange die Familie schon in Schweden wohne, und Billie nutzte die

Zeit, um zur Toilette zu gehen. Als sie wieder herauskam, hörte sie hinter sich eine Stimme:

»Du bist also immer noch in Åhus, sehe ich.«

Schnell drehte sich Billie um. Es war die alte Ella, die Billie erst anlächelte, dann aber ernst wurde.

»Hast du schon mit deiner Mutter gesprochen?«, fragte sie.

Billie schüttelte den Kopf.

»Ich muss erst mehr rauskriegen«, sagte sie. »Damit ich sicher sein kann, dass sie auch auf mich hören wird.«

Ella sah Billie an.

»Es ist sehr klug von dir, so zu denken«, erwiderte sie. »Vergiss nur nicht, dass du nicht so viel Zeit hast. Denk daran, wie es den anderen ergangen ist, die in dem Haus gewohnt haben.«

Billie hielt nach Josef Ausschau. Er sprach immer noch mit Aladdins Vater.

»Ich muss jetzt gehen«, sagte sie.

»Viel Glück«, rief Ella ihr nach.

Billie eilte zurück zu Josef. Sie wollte Ella nicht erzählen, dass ihre Mutter krank geworden war und mit dem Krankenwagen hatte abgeholt werden müssen. Dass es ihnen bereits schlimm ergangen war.

Ella hatte recht. Ihr blieb wirklich nicht viel Zeit, sich selbst und Mama zu retten.

23.

Am nächsten Tag gingen nur Billie und Simona in die Bibiothek. Aladdin hatte Klavierunterricht und würde es nicht nach Kristianstad schaffen, ehe die Bücherei zumachte.

»Ruf mich heute Abend an und erzähl mir, was ihr rausgefunden habt!«, sagte er, als Billie am Morgen mit ihm sprach.

»Na klar«, versprach Billie.

Voller Erwartungen setzten sich Simona und sie vor denselben Computer, an dem sie das letzte Mal waren, und suchten im Artikelarchiv nach dem Namen »Sonnenfleckchen«. Zu ihrer großen Enttäuschung ergab das ganz und gar nicht so viele Treffer, wie sie gehofft hatten.

»Versuch es doch mal stattdessen mit ›Kinderheim‹ und ›Åhus‹«, sagte Simona.

Doch auch das brachte nicht viel.

»Wie seltsam«, sagte Billie mit gerunzelter Stirn.

Sie gingen zum Informationstresen und baten um Hilfe beim Raussuchen der wenigen Artikel, die sie gefunden hatten. Es war derselbe junge Mann, der ihnen auch das vorige Mal geholfen hatte.

»Wenn ihr hier alles durchgeschaut habt, solltet ihr ins Stadtmuseum gehen«, sagte er, derweil er in den kleinen Schubladen nach dem richtigen Mikrofilm suchte. »Da läuft gerade eine Ausstellung über Kinderfürsorge in Skåne im 20. Jahrhundert. Vielleicht wissen sie was über das Kinderheim, für das ihr euch interessiert.«

Das Stadtmuseum? Simona und Billie sahen sich an und nickten. Natürlich würden sie das tun. Billie schielte auf die Uhr und hoffte, dass sie alles schaffen würden, ehe Josef kam und sie abholte. Sie mussten auf dem Weg nach Hause noch bei ihrer Mutter vorbeischauen.

Zu ihrer Freude stellte Billie fest, dass sie zwar nur wenige Artikel gefunden hatten, dass diese dafür aber sehr ergiebig waren. Im ersten Artikel wurde über die Einweihung des Kinderheimes berichtet:

3. Oktober 1920. Bauherr Green, der Erbauer des Kinderheimes, nahm am heutigen Tag an einem Mittagessen teil, das in der Residenz der Landesvertretung abgehalten wurde. Der Gemeindevorsteher Persson dankte dem Bauherrn für seine Arbeit. Das Kinderheim liegt in Täppet in Åhus und soll Waisenkindern einen sicheren Ort zum Leben bieten. Das Heim wird vermutlich acht Kinder aufnehmen können und hat den Namen »Sonnenfleckchen« bekommen.

»Acht Kinder«, sagte Simona und betrachtete den Artikel mit großen Augen. »Kann man denn mit so vielen Kindern in eurem Haus leben?«

»Die müssen in Etagenbetten und zu mehreren in einem Zimmer geschlafen haben«, sagte Billie, die sich auch gewundert hatte. »Das Personal hat vielleicht im Gästezimmer neben der Küche geschlafen.«

»Das muss dann trotzdem eng gewesen sein«, sagte Simona. »Denk doch nur daran, wie es zu Hause bei uns ist. Wir sind unheimlich viele, aber trotzdem hat jeder sein eigenes Zimmer.«

Billie kannte niemanden, der in einem derart großen Haus wohnte wie Simona. Ihre Eltern hatten einen alten Hof gekauft und renoviert und Platz für alle ihre Kinder geschaffen.

Im nächsten Artikel stand mehr über das Kinderheim selbst. Dort war detailliert beschrieben, wie groß es sein würde und wer dort wohnen sollte. Der Gemeinderat hatte vorgeschlagen, dass behinderte Kinder Vorrang haben sollten.

Dann holten sie den letzten Artikel heraus, den sie auf ihrer Liste hatten.

3. August 1922. Nach den äußerst tragischen Ereignissen der vorigen Woche (wir berichteten) hat die Gemeinde beschlossen, das Kinderheim »Sonnenfleckchen« in Åhus zu schließen. Die Gemeindeverwaltung wird im Herbst entscheiden, was mit dem Haus fürderhin geschehen soll.

Billie und Simona lasen den Artikel wieder und wieder. »Nach den äußerst tragischen Ereignissen …« Welche Ereignisse waren gemeint? Warum hatten sie darüber keinen Artikel gefunden?

Billie spürte, wie ihr Herz schneller schlug. Jetzt waren sie ganz nah dran, sie wusste es. Bald würden sie erfahren, welche Geheimnisse das Haus barg. Bald, bald, bald.

Sie sprang mit einem Ruck vom Stuhl auf und zog Simona am Arm.

»Komm!«, sagte sie. »Schnell zum Museum!«

Das Museum in Kristianstad lag am großen Marktplatz, dem Stora Torget. Billie war schon mal mit der Schule drin gewesen, aber noch nie allein.

»Ich hasse Museen«, sagte Simona, als sie durch die Tür gingen.

Billie fand es manchmal durchaus lustig, aber das sagte sie nicht. Sie war froh, dass Simona mitgekommen war, obwohl sie es langweilig fand.

Aber wo sollten sie denn jetzt anfangen?

»Hier!«, rief Simona und zeigte auf ein Schild, auf dem stand: »Neue Ausstellung: Kinderfürsorge in Kristianstad im 20. Jahrhundert«.

Billie sah auf die Uhr. Es war vier. Um fünf Uhr würde Josef sie vor der Bibliothek abholen, damit sie ins Krankenhaus fahren konnten. Da mussten sie bereitstehen.

Schnell gingen sie in den Ausstellungsraum und Billie holte tief Luft. So viele Bilder und Gegenstände. Da waren massenhaft kleine Modelle von Häusern und anderen Gebäuden.

»Hilfe«, seufzte Simona. »Das hier durchzusehen, wird einige Zeit brauchen.«

Da hatte sie vollkommen recht. Und wonach suchten sie eigentlich?

»Vielleicht können wir die um Rat fragen«, schlug Billie vor und zeigte auf ein junges Mädchen, das im Raum herumging.

Schnell liefen sie zu ihr.

»Entschuldigen Sie«, sagte Simona, »arbeiten Sie hier?«

»Ja«, erwiderte das Mädchen. »Womit kann ich euch helfen?«

Sie sah froh aus. Es waren fast keine anderen Besucher in der Ausstellung.

»Wir wüssten gern, ob Sie etwas von einem Kinderheim wissen, das ›Sonnenfleckchen‹ hieß und in den 1920er-Jahren in Åhus betrieben wurde«, erklärte Billie.

Das Mädchen wurde ernst.

»Ja, natürlich weiß ich davon«, sagte sie. »Was wollt ihr wissen?«

Alles, dachte Billie.

»Meine Freundin und ich sollen in der Schule einen Aufsatz darüber schreiben, wie man sich früher um Waisenkinder gekümmert hat«, sagte sie. »Und da haben wir vom ›Sonnenfleckchen‹ gehört.«

»Billie ist kürzlich nach Åhus gezogen«, fügte Simona hinzu, »deshalb dachten wir, es wäre spannend, über ein Kinderheim zu schreiben, das es dort gegeben hat.«

Billie las das Namensschild des Mädchens. Sie hieß Amanda.

»Ich verstehe«, sagte sie. »Leider haben wir das ›Sonnenfleckchen‹ nicht mit hier in der Ausstellung. Aber ich habe selbst im Rahmen meines Studiums eine Arbeit über das Kinderheim geschrieben. Das ist eine schlimme Geschichte, aber das wisst ihr ja wahrscheinlich schon.«

Billie und Simona sahen einander verstohlen an.

»Hmm«, sagte Billie, »aber wir wüssten gerne genauer, was passiert ist.«

»Dann sollten wir uns mal da hinten aufs Sofa setzen, und ich erzähle euch, was ich weiß«, sagte Amanda. »Kommt!«

24.

Billie rechnete ja inzwischen damit, dass ihr Haus ein richtig finsteres Geheimnis bewahrte und das, was sie zu hören bekommen würde, eine schreckliche Geschichte war. Doch als das Mädchen namens Amanda anfing, von dem Kinderheim Sonnenfleckchen zu erzählen, verschlug es ihr die Sprache. Sogar Simona, die so gern redete, wurde stumm.

»Zwar hieß das Kinderheim ›Sonnenfleckchen‹, genau wie ihr sagt«, begann Amanda, »doch niemand nannte es je anders als das Glashaus. Wusstet ihr das?«

Billie schüttelte den Kopf.

»Warum denn Glashaus?«, fragte Billie und merkte, dass sie flüsterte.

»Weil fünf von den acht Kindern, die dort wohnten, Glaskinder waren.«

Glaskinder? Endlich würden sie es erfahren!

»Glaskinder nannte man damals Kinder, die mit ganz

zerbrechlichen Knochen geboren wurden«, erklärte Amanda. »Das ist auch heute noch eine ernste Krankheit, sie heißt Glasknochenkrankheit, doch zu der Zeit damals konnte man noch weniger für Kinder mit dieser Behinderung tun. Sie mussten ständig unter Beobachtung sein, damit sie nicht hinfielen und sich anschlugen. Wisst ihr, was die Glasknochenkrankheit ist?«

»Ich glaube schon«, sagte Simona. »Das bedeutet, dass man sich die Arme und Beine leichter bricht als gesunde Menschen.«

»Ganz genau«, sagte Amanda. »Es gibt verschiedene Sorten von Glasknochenkrankheit und sie sind nicht alle gleichermaßen gefährlich. Doch manchmal ist es richtig schlimm, und dann kann es sogar dazu führen, dass man nicht so wächst, wie man sollte. Die Kinder, die im Kinderheim Glashaus oder ›Sonnenfleckchen‹ wohnten, hatten unterschiedliche Behinderungen, doch einige von ihnen waren schwer krank.«

Billie versuchte, sich vorzustellen, wie es war, wenn man eine solche Krankheit hatte. Dass man sich einfach nur, weil man hinfiel, Arme und Beine brechen konnte. Wie schrecklich.

Glaskinder.

Das war ein gutes Wort für Kinder mit dieser Krankheit.

»Es waren, wie gesagt, acht Kinder, und sie hatten zwei Frauen, die sie versorgten. Die eine war die Leiterin des Kinderheims, und die andere war eine junge Kinderpflegerin, die Majken hieß.«

Amanda verstummte, und Billie dachte schon, sie würde nicht weitererzählen. Doch sie machte nur eine kurze Pause.

»Majken war im Grunde genommen diejenige, die die Kinder versorgte, und ihr könnt euch ja denken, dass das eine schwere Arbeit war, zumal mehrere Kinder krank waren. Der Sommer 1922 war ein sehr schlechter Sommer, in dem es viel regnete. Doch im August änderte sich das Wetter und es wurde heiß. Eines Tages, als Majken mit den Kindern allein war, beschloss sie, mit ihnen zum Strand zu gehen. Die Gesunden mussten helfen, Leiterwagen zu ziehen, in denen die kranken Kinder fuhren. Auf diese Weise konnte Majken alle mit zum Meer nehmen.«

Wie das wohl ausgesehen hatte? Billie versuchte, es sich vorzustellen. Der Sparrisvägen war damals ein Schotterweg gewesen und wahrscheinlich hatten die Leiterwagen lange Staubwolken hinter sich hergezogen. Und wenn es auch bis zum Meer nicht weit war, so war das Ziehen sicher schwere Arbeit gewesen.

»Am Morgen gegen zehn Uhr brachen sie auf«, erzählte Amanda. »Dann ließen sie sich an dem Badeplatz nieder, der heute ›Der Pfifferling‹ genannt wird. Fragt mich nicht, wie sie auf die Glaskinder aufgepasst hat. Vielleicht hat sie dafür gesorgt, dass sie auf Decken unter einem Sonnenschirm saßen. Die gesunden Kinder durften herumlaufen, wie sie wollten, und badeten und spielten.«

So wie Billie selbst es im Sommer getan hatte. Wieder sah sie die Kinderpflegerin Majken und ihre acht Kinder vor sich.

»Der Strand war damals anders«, sagte Amanda. »Der Streifen Sandstrand war breiter, und das Wasser war nicht so seicht, wie es heute ist. Vor allem nicht, wenn der Wind aufs Ufer stand und Wellen aufkamen. Und an dem Tag, an dem Majken mit den Kindern allein ans Meer ging, war es recht windig.«

Plötzlich wurde Billie ein wenig übel. Sie war nicht sicher, ob sie noch mehr über Majken und die Glaskinder hören wollte. Aber Amanda erzählte weiter.

»Am Strand waren nicht viele Leute, doch mehrere Zeugen sahen, was geschah. Der Wind musste zugenommen haben, denn die Wellen türmten sich immer höher, und plötzlich hörte man Kindergeschrei aus dem Wasser. Ohne dass Majken es bemerkt hatte, waren zwei der kranken Kinder ins Meer gegangen und von den Wellen umgeworfen worden. Majken rannte sofort ins Wasser, doch die Strömung zog die Kinder immer weiter raus, und sie musste kämpfen, um zu ihnen zu kommen. Als sie sie erreichte, war es schon zu spät. Sie waren zu lange unter Wasser gewesen und ertrunken.«

»Wie schrecklich«, wisperte Simona.

»Ja, das war es wirklich«, sagte Amanda. »Majken zog die Kinder an Land und es gab dann natürlich eine polizeiliche Ermittlung.«

»Warum denn?«, fragte Billie.

»Um herauszufinden, ob Majken ihre Aufsichtspflicht verletzt hatte, wie es hieß. Man kam zu dem Schluss, dass sie niemals allein mit so vielen Kindern zum Strand hätte gehen dürfen, doch es wurde auch festgestellt, dass sie überhaupt nicht mit ihnen hätte allein gelassen werden dürfen. Deshalb wurde sie nicht bestraft, und weil die Kinder sie so mochten, durfte sie weiterhin als Kinderpflegerin im Heim arbeiten.«

Billie traten plötzlich die Tränen in die Augen, und sie versuchte, sie wegzublinzeln. Wenn Amanda sah, dass sie dabei war, loszuheulen, dann würde sie aufhören zu erzählen.

»Was ist geschehen?«, fragte Simona.

Amanda schielte zu Billie.

»Ich weiß nicht, ob ihr noch mehr hören könnt.«

»Natürlich können wir!«, riefen Billie und Simona gleichzeitig.

»Wo war ich stehen geblieben?«, fragte Amanda. »Ah ja, Majken ging straffrei aus. Und obwohl es ihr furchtbar schlecht gegangen sein muss, nach allem, was passiert war, kehrte sie als Kinderpflegerin ins Heim zurück. In der Gemeinde fing man an, darüber nachzudenken, ob es überhaupt eine gute Idee gewesen sei, das Kinderheim zu eröffnen, und in der Zeitung entspann sich eine Debatte darüber, wie man am besten für Waisenkinder sorgen könne. Doch nur eine Woche später geschah etwas, das alles veränderte.«

Billie hielt den Atem an.

»Majken konnte nicht mit der Schuld leben, die sie wegen des Todes der ertrunkenen Kinder empfand. Eines Nachts verließ sie ihr Bett, ging in den Aufenthaltsraum des Kinderheims und nahm die Deckenlampe ab. Und dann ...«

Jetzt wusste Billie, was sie hören würde, und ihr Herz pochte so heftig, dass man es eigentlich schon durch den Pullover sehen musste.

»... erhängte sie sich an der Decke«, ergänzte Amanda. »Die Heimleiterin fand sie am nächsten Morgen, ehe die Kinder aufwachten. Das Kinderheim wurde nur wenige Wochen später geschlossen und die Kinder auf andere Einrichtungen verteilt.«

Simona legte eine Hand auf Billies Arm.

»Dann wissen wir jetzt, wer es war, die im Haus gestorben ist«, sagte sie leise.

Amanda stand auf.

»Jetzt habe ich euch so viele schreckliche Dinge erzählt, dass ich fürchte, ihr werdet heute Nacht Albträume haben«, sagte sie und sah aus, als wollte sie gehen.

»Nein, ganz und gar nicht«, beeilte sich Billie zu sagen. »Wir wollten es doch hören. Sie wissen nicht zufällig, was mit dem Haus passiert ist, als es kein Kinderheim mehr war?«

Amanda runzelte die Stirn.

»Es stand viele Jahre leer. Dann ist eine Familie eingezogen. Aber dann ist das Haus abgebrannt.«

Das war, was Ella erzählt hatte. Allen, die in dem Haus gewohnt hatten, war es übel ergangen.

Eine letzte Frage brannte Billie noch auf der Zunge. Sie musste es einfach aussprechen.

»Haben Sie was davon gehört, dass es in dem Haus spuken soll?«, fragte sie und merkte, wie ihre Wangen heiß wurden.

Amanda wandte den Kopf ab und sah in eine andere Richtung, so, als wollte sie ihnen ausweichen.

»Schon«, sagte sie gedehnt. »Das habe ich gehört. Einige sagen, dass Majken immer noch im Haus umgeht. Und dass es ganz gleich sei, welche Lampe man im

Wohnzimmer aufhängt, dass sie doch immer hin und her schwingt, als ob jemand daran hängen würde. Und dann habe ich aber auch noch eine andere Geschichte gehört.«

Über die Frau, die in dem Haus verbrannt ist, dachte Billie.

Doch Amanda sagte etwas ganz anderes.

»Über die Glaskinder, die ertrunken sind. Dass sie nach Hause kommen wollen. Und dass sie keinen Frieden gefunden haben, nachdem sie gestorben waren, sondern wieder ins Kinderheim ziehen wollen. Und deshalb alle wegjagen, die sich in dem Haus am Sparrisvägen einrichten.«

Da musste Billie an den Handabdruck im Staub denken, den sie entdeckt hatte, als sie und Mama gerade nach Åhus gezogen waren. Der winzig kleine Abdruck von einer Kinderhand.

Und ihr wurde klar, dass sie vielleicht wirklich falsch gedacht hatten. Vielleicht spukten weder Majken noch die beim Brand ums Leben gekommene Frau in dem Haus, sondern die Kinder, die einst dort gewohnt hatten und jetzt zurückkommen wollten.

25.

Als Josef das Auto vor dem Krankenhaus parkte, hatte es angefangen zu regnen.

»Du bist so schweigsam«, sagte er, als er den Motor abschaltete. »Wie war es heute, habt ihr etwas über das Kinderheim herausbekommen?«

»Nicht wirklich«, erwiderte Billie ausweichend.

Nach allem, was sie gehört hatte, galoppierten die Gedanken wie Pferde in ihrem Kopf herum. Sowie sie zu Hause waren, musste sie Aladdin anrufen. Sie mussten über alles reden, was geschehen war, und überlegen, was sie jetzt tun sollten. Vorher hatte sie nicht vor, ein Wort zu Josef zu sagen und noch weniger zu ihrer Mutter.

Der ging es besser. Sie saß in ihrem Bett und aß, als Josef und Billie kamen, und sie umarmte Billie fest und lange. Ihre Arme fühlten sich dabei genauso stark an wie immer, und Billie konnte an ihrem Blick erkennen, dass sie nicht mehr so schlimm krank war. Sie war nicht mehr so erschöpft und verwirrt, wie an den anderen Tagen, sondern redete und lachte mehrere Male, als Billie und Josef erzählten, was sie im Laufe des Tages gemacht hatten.

»Der Arzt meint, ich dürfe zum Wochenende nach Hause«, sagte sie und strich Billie über die Wange. »Das ist gut, was?«

»Hmmm«, erwiderte Billie.

Zum Wochenende. Vorher mussten sie, Aladdin und Simona einen Plan haben, wie sie Billie und ihre Mutter aus dem Haus rauskriegen könnten. Auf irgendeine Weise.

»Das wird schön, wieder im eigenen Bett zu schlafen«, sagte Mama. »Und nach Hause zu kommen.«

Sie lächelte Billie warmherzig an, die sich zwang, das Lächeln zu erwidern. Bald würde sie mit ihrer Mutter über das Haus sprechen müssen, aber nicht hier und jetzt.

Auf dem Rückweg nach Åhus dachte Billie im Auto die ganze Zeit an die Glaskinder.

»Wow!«, rief Aladdin ins Telefon, als Billie alles berichtet hatte. »Dann sind es also Kinder und keine Erwachsenen, die in deinem Haus spuken.«

»Scheint so«, meinte Billie.

Aber Zweifel hatte sie doch. Gab es wirklich Geister? Hatten sie nicht darüber geredet und waren zu dem

Schluss gekommen, dass es keine gab? Aber wenn es keine Geister gab, wie war dann der Handabdruck eines Kindes in den Staub auf dem Tischchen im Gästezimmer gekommen?

Aladdin pflichtete ihr bei. Im Moment hatten sie noch keine bessere Erklärung für alles, als dass es wirklich spukte.

»Vielleicht könnten wir, wenn es nun Geister gibt, versuchen, mit ihnen zu reden?«, schlug Billie vor. »Also, sie fragen, was sie wollen und so.«

Aladdin sagte verächtlich:

»Das sind so die Sachen, an die meine Mutter glaubt, aber ich meine, das ist alles Blödsinn. Wieso sollten wir mit den Geistern reden? Wenn es nun Schuld der Geister ist, dass es allen, die in dieses Haus einziehen, schlecht ergeht, dann macht es ja wohl keinen Sinn, mit ihnen zu reden. Dann sind sie doch einfach nur gemein.«

Einerseits war Billie seiner Meinung, aber dann auch wieder nicht. Es mochte durchaus sein, dass die Geister für das verantwortlich waren, was reine Spukerei war – das Klopfen am Fenster, der Handabdruck im Staub und all das –, aber es konnte auch sein, dass alle Unglücksfälle einfach Unglücksfälle waren.

»Gibt es noch mehr Leute, mit denen wir reden könnten?«, fragte Billie. »Wir könnten doch versuchen, den

Vater und den Jungen zu sprechen, die aus dem Haus rausgekommen sind, als es brannte. Das müssen die Ersten gewesen sein, die in das Haus eingezogen sind, nachdem das Kinderheim geschlossen worden ist.«

»Aber was können die schon erzählen?«, fragte Aladdin zweifelnd. »Vielleicht sind sie nicht einmal mehr am Leben.«

»Du kannst ja wohl nicht rechnen«, meinte Billie müde. »Der Vater wird wohl tot sein oder zumindest uralt, aber der Junge dürfte nicht älter als siebzig oder achtzig Jahre sein.«

Siebzig war nicht viel, zumindest nicht, wenn man gesund und stark war, wie Oma und Opa. Manchmal meinte Billie, dass die beiden so richtig uralt werden könnten.

»Okay, aber wie sollen wir ihn finden?«, fragte Aladdin. »Wir wissen ja nicht einmal, wie er heißt. Nur, dass sein Vater Manne Lund hieß.«

»Ich könnte Josef um Hilfe bitten«, meinte Billie.

Sie holte die Kopien der Artikel heraus, die sie aus der Bibliothek mitgebracht hatte. Manne Lund. Das war doch ein eher ungewöhnlicher Name.

»Wieso sollte uns Josef dabei helfen können?«

»Der arbeitet schließlich bei der Polizei. Die können doch rauskriegen, wo Leute wohnen«, meinte Billie.

Sie setzte sich in ihrem Bett auf und drückte dabei das Telefon ans Ohr. Josef war mit irgendwas in der Küche beschäftigt, und sie hörte, wie er Schranktüren öffnete und schloss. Billies Vater hatte nie Spaß daran gehabt, zu kochen oder zu backen, aber Josef war da anders. Er war eher so wie Aladdins Vater – man kriegte ihn gar nicht mehr aus der Küche raus. Wenn Josef nicht mehr Polizist sein wollte, dann könnte er glatt auch ein Restaurant aufmachen.

Dann fiel Billie noch jemand ein, mit dem sie reden mussten. Jemand, der eigentlich ziemlich viel wissen müsste, und der außerdem noch eine Menge Erklärungsbedarf hatte.

»Es gibt noch jemanden«, sagte sie.

»Wen denn?«, fragte Aladdin.

»Dieser Martin.«

»Wer ist das denn?«, fragte Aladdin erstaunt.

»Das ist der, der Mama und mir das Haus gezeigt hat, als wir es gekauft haben. Der so unglaublich viel gelogen hat.«

Billie erinnerte sich noch ganz genau, wie er an jenem Tag ausgesehen hatte, als er sie vor dem Haus empfing. Wie er vor ihnen die Treppe hochgegangen war und ihnen alles gezeigt hatte. Wie er es vermied, auf einige ihrer Fragen zu antworten, und wie er sich selbst widersprochen hatte. Diesmal würde er nicht so leicht davonkommen.

»Vielleicht sollten wir morgen nach der Schule mit ihm anfangen«, schlug Aladdin vor. »Dann probieren wir, ob Josef mehr über diesen Manne oder seinen Sohn herausfinden kann.«

Das klang nach einer guten Idee. Nach dem Telefonat mit Aladdin rief Billie Simona an, und dann ging sie runter, um mit Josef zu reden. Anders als Mama stellte er nicht so viele Fragen, und deshalb schämte sich Billie, als sie behauptete, dass sie für die Schule was über Manne Lund herausfinden müsse. Dasselbe hatte sie schon in der Bibliothek und im Museum gesagt, und niemand schien das komisch zu finden. Josef auch nicht. Er sagte nur:

»Schreib mal alles auf, was du weißt, dann sehe ich morgen nach.«

Nun blieb nur noch, die Adresse von diesem Martin, der ihnen das Haus gezeigt hatte, rauszusuchen, und das war nicht schwer. Mama hatte seine Anschrift bekommen, als sie einzogen, und der Zettel hing an der Pinnwand draußen im Flur.

Während Josef vor dem Fernseher saß, schlich Billie in den Flur und nahm den Zettel ab. Wieder fiel ihr auf, dass es lange her war, seit sie im Haus etwas Seltsames gesehen oder gehört hatte. Seit Mamas Krankheit war es vollkommen ruhig, als fänden der oder die, die Billie erschreckten, es würde mit Mamas Gehirnhautentzündung erst mal reichen.

Billies Blick wanderte zu der Tür des Gästezimmers. Sie war zu. Da drinnen waren die schlimmsten Sachen passiert. Jetzt war es einige Tage her, dass Billie in dem Zimmer gewesen war.

Zögernd ging sie zu der geschlossenen Tür und legte die Hand auf die Türklinke. Jetzt war es nicht Nacht, und Josef saß im Zimmer nebenan, sie brauchte sich also nicht zu fürchten. Trotzdem zitterte ihre Hand ein wenig, als sie die Tür aufmachte. Vorsichtig betrat sie das Zimmer. Es roch stickig.

Als sie das Licht anschaltete und sah, dass alles wie immer war, atmete sie auf. Sogar der kleine Tisch, den sie anfangs so gemocht hatte, sah genauso aus, wie er sollte. Keine Nachrichten und keine Handabdrücke.

Dann schaute sie zum Fenster und erstarrte. Mehrere Male zwang sie sich, die Augen zu schließen und wieder aufzumachen. Nein, sie hatte sich nicht getäuscht. Sie keuchte vor Angst und Erstaunen.

Das Fensterbrett war nicht leer. Da stand etwas, was dort nicht stehen sollte.

Jemand hatte die Glaskinder ins Fenster gestellt.

26.

Am nächsten Tag ging ein richtiger Wind. Billie holte nach der Schule das Fahrrad von der Rückseite des Hauses und strampelte zu Aladdin. Er wartete schon vor seinem Haus mit dem Stadtplan in der Hand.

»Es ist ganz nah«, sagte er. »Wird nur ein paar Minuten dauern, dorthin zu fahren.«

Das klang gut, fand Billie, denn der Himmel war Unheil verheißend grau, und es konnte jeden Moment anfangen zu regnen.

»Hast du mit Josef gesprochen?«, fragte Aladdin. »Hat er Manne Lund und seinen Sohn gefunden?«

»Ich weiß es nicht«, sagte Billie. »Ich wollte mit ihm reden, wenn er von der Arbeit kommt.«

Die Glaskinder im Fenster würde sie Josef gegenüber aber nicht erwähnen. Davon hatte sie Aladdin und Simona erzählt, und sonst niemandem. Die Gefahr, dass man ihr nicht glauben würde, war zu groß.

Billie hatte ein schlechtes Gewissen, weil sie direkt nach der Schule den Bus nach Åhus genommen hatte, ohne wie sonst bei ihrer Mutter vorbeizuschauen. Aber von dem Haus ging eine Gefahr aus. Das war einfach so. Und deshalb musste sie alles tun, was in ihren Möglichkeiten lag, um ihre Mutter davon zu überzeugen, dass sie wegziehen mussten.

Der besagte Martin wohnte in einem weißen Holzhaus mit roten Ecken. In dem Augenblick, als Aladdin und Billie auf das Grundstück rollten, fielen die ersten Regentropfen. Sie stellten schnell die Fahrräder ab, liefen die Verandatreppe vor dem Haus hinauf und klingelten.

Sie klingelten einmal und noch einmal. Der Regen prasselte aufs Dach und Billie fröstelte in ihrer Sommerjacke.

»Wenn er nun nicht zu Hause ist?«, meinte Aladdin.

»Doch, das ist er bestimmt«, sagte Billie und pochte an die Tür.

Da hörten sie Schritte auf der anderen Seite. Sie warteten gespannt, während jemand mit dem Schloss hantierte. Langsam glitt die Tür auf und Martin kam zum Vorschein.

Obwohl Billie ihn seit dem Tag, an dem er ihr und ihrer Mutter das Haus gezeigt hatte, nicht mehr gesehen hatte, erkannte sie ihn sogleich wieder. Aber wie erschöpft er aussah. Und war er wirklich so alt gewesen, als sie ihn das letzte Mal gesehen hatte? Natürlich musste er das gewesen sein, doch jetzt wirkte er noch viel älter.

Martin sah sie beide mit matten Augen an und nickte langsam.

»Dich kenne ich«, sagte er. »Wie geht es euch in dem Haus?«

»Gut, danke«, meinte Billie. »Das hier ist mein Freund Aladdin. Wir wollten fragen, ob Sie einen Moment Zeit haben, um mit uns zu reden.«

Aladdin grüßte höflich, reichte die Hand und Martin trat einen Schritt zurück.

»Doch, doch, ich habe immer Zeit«, sagte er. »Kommt rein.«

Martins Haus war ähnlich angelegt wie das von Billie und ihrer Mutter. Kleine Räume auf zwei Etagen. Doch Martin hatte schöne Tapeten an den Wänden und neuere Möbel.

»Nun, wie ist es euch ergangen?«, fragte Martin. »Habt ihr das Haus in der Stadt verkaufen können?«

Billie schluckte.

»Noch nicht. Es war ja Sommer und so. Aber der Makler meint, das würde bestimmt bald über die Bühne gehen.«

Am liebsten hätte sie gesagt, dass sie nicht vorhätten, ihr Haus in der Stadt zu verkaufen, weil sie Åhus verlassen und wieder dort wohnen würden. Doch stattdessen folgte sie Martin in sein Wohnzimmer, wo sie sich um einen großen Esstisch setzten. Billie konnte keine Fotografien von einer Frau oder Kindern sehen, und das machte sie traurig. Martin sah aus, als wäre er ebenso alt wie ihre Großeltern, und die wären schrecklich einsam, wenn sie nicht einander hätten.

»Was wolltet ihr denn fragen?«, erkundigte sich Martin.

Aladdin sah Billie an.

»Wir haben ein paar Fragen zu dem Haus, in dem Mama und ich wohnen«, antwortete Billie mit dünner Stimme.

»Ach so?«, meinte Martin und klang plötzlich unwirsch.

Er lehnte sich zurück und verschränkte die Arme vor der Brust, wie Billie es schon bei vielen Erwachsenen gesehen hatte, wenn sie ärgerlich wurden.

»Und was wollt ihr wissen?«, fragte er.

Plötzlich fühlte sich das alles so falsch an. Was machten sie hier eigentlich?

»Na ja«, meinte Billie mit noch leiserer Stimme. »Wir wüssten gern, ob Sie uns sagen können, warum so viele

Familien immer nur so kurz in dem Haus haben wohnen wollen.«

Sie war selbst erstaunt, als sie sich eine so mutige Frage stellen hörte. Immer direkt auf den Punkt, hätte ihr Vater dazu gesagt.

Martin sah sie lange an, ehe er antwortete.

»Wie meinst du das?«, fragte er.

Billies Handflächen wurden feucht und sie wischte sie an ihren Jeans ab. Warum musste der Typ so schwierig sein?

Sie sammelte neuen Mut.

»Die vorige Familie hat nur ein knappes Jahr in dem Haus gewohnt, und wir haben erfahren, dass es bei anderen Familien genauso war, dass sie auch ausgezogen sind, nachdem sie jeweils nur eine kurze Zeit in dem Haus gewohnt haben.«

»Wir haben auch gehört, dass die Familien weggezogen sind, weil sie in dem Haus zu Schaden gekommen sind«, fügte Aladdin mit trotziger Stimme hinzu.

Martin seufzte.

»Ah ja, das habt ihr also gehört.«

Er machte eine hilflose Geste und seufzte wieder, als würde er das, was sie sagten, für unglaublichen Blödsinn halten.

»Ich habe auch schon eine Menge Tratsch über das

Haus am Sparrisvägen gehört, doch ehrlich gesagt, habe ich es nie geglaubt. Die Leute ziehen aus allen möglichen Gründen aus. Zu glauben, mit dem Haus wäre irgendetwas nicht in Ordnung, ist Quatsch.«

Aber Billie wollte sich nicht geschlagen geben. Sie wusste, dass dieser Martin in einigen Dingen gelogen hatte.

»Wie lange hat das Haus leer gestanden, ehe Mama und ich eingezogen sind?«, fragte sie.

»Ein Jahr, genau wie ich es gesagt habe, als ihr das letzte Mal gefragt habt«, sagte Martin ruhig.

»Aber das stimmt doch nicht«, entgegnete Billie und wurde wütend. »Wir haben mit mehreren Leuten gesprochen und wissen, dass die Familie vor uns schon vor zwei Jahren ausgezogen ist.«

Martin sagte kein Wort, sondern saß nur da und starrte auf den Tisch.

»Wir wissen auch, dass Sie gelogen haben, was die Möbel betrifft«, unterstützte Aladdin sie. »Sie haben gesagt, die seien von den vorigen Besitzern, aber das stimmt überhaupt nicht. Diese Möbel sind uralt.«

Billie wartete darauf, dass Martin aufgeben und zugeben würde, dass er ihnen nicht die Wahrheit gesagt hatte. Im besten Fall würde er ihnen auch noch erzählen, warum er gelogen hatte. Aber er sagte nichts, sondern schien immer wütender zu werden. Billie sah, dass er die Fäuste so fest ballte, dass die Knöchel weiß wurden.

»Verschwindet aus meinem Haus, ihr mit euren Fantasien«, zischte Martin, und obwohl er nicht brüllte, wusste Billie, dass Eile geboten war, wenn sie rauskommen wollten, ehe er explodierte.

Aladdin und sie standen gleichzeitig auf und rannten fast zur Tür. Hinter ihnen hörten sie Martins Stimme:

»Verschwindet!«, schrie er. »Verschwindet, damit ich endlich Ruhe habe!«

Noch nie waren sie so schnell mit dem Rad gefahren. Sie blieben erst stehen, als sie bei Billies Haus angekommen waren. Es schüttete, aber darum scherten sie sich nicht.

»Mein Gott«, sagte Aladdin, als sie sich jeder unter einer Decke auf dem Sofa im Wohnzimmer zusammenkauerten. »Ist das der, von dem ihr das Haus gekauft habt? Der scheint ja nicht ganz richtig im Kopf zu sein.«

Nein, wirklich nicht, da konnte Billie nur zustimmen. Was hatte sie für eine Angst gehabt, als der anfing zu schreien. Warum hatte er das nur getan? Warum hatte er nicht einfach mit ihnen geredet und erzählt, was er wusste? Denn irgendwas wusste er, da war sich Billie sicher.

»Ich weiß nicht, warum Mama ihm vertraut hat«, murmelte sie in ihre Decke. »Ich mochte ihn von Anfang an nicht.«

Aladdin kroch in seiner Ecke hoch und legte den Kopf auf die Rückenlehne.

»Hoffentlich läuft es besser, wenn wir mit Manne Lund reden«, meinte er.

»Schlechter kann es gar nicht gehen«, sagte Billie und fing an zu kichern.

Aus dem Kichern wurde ein lautes Lachen, das Aladdin ansteckte. Sie lachten so, dass sie kaum mehr Luft kriegten, als sie daran dachten, dass sie zu einem Mann geradelt waren, den sie nicht kannten, und versucht hatten, ihn dazu zu bringen, ihnen Geheimnisse zu erzählen.

Sie lachten so laut, dass sie nicht hörten, als Josef den Schlüssel in die Tür steckte und ins Haus kam.

»Hallöchen«, sagte er und lächelte, als er sie beide auf dem Sofa sitzen sah.

Billie und Aladdin waren so überrascht, dass sie aufhörten zu lachen.

Josef ging mit einer Einkaufstüte in die Küche.

»Bleibst du heute zum Abendessen?«, fragte er Aladdin.

»Gern«, erwiderte Aladdin.

Sie hatten schon beschlossen, dass, wenn Josef die

Telefonnummer von Manne Lund oder seinem Sohn herausbekommen hätte, sie am selben Abend noch anrufen würden.

Billie wuselte mit der Decke fest um den Leib gewickelt zu Josef in die Küche.

»Hast du ihn gefunden?«, fragte sie. »Ich meine, Manne Lund? Lebt er noch?«

Josef stellte eine Tüte Milch in den Kühlschrank.

»Ich glaube, ja«, erwiderte er. »Es gibt nicht so viele Leute mit dem Namen, die so alt sind. Ich habe Telefonnummer und Adresse mitgebracht. Leider konnte ich nicht rauskriegen, ob er Kinder hat, und wenn ja, wie die heißen.«

Billie bemühte sich, nicht zu froh auszusehen, als er einen Zettel aus seiner Hosentasche holte.

»Super! Danke!«, rief sie.

Der Manne Lund, den Josef gefunden hatte, wohnte in Malmö und war an die hundert Jahre alt.

»Wenn du anrufst, dann denk dran, dass es auch die falsche Person sein könnte«, ermahnte Josef sie. »Der Manne, den du suchst, kann auch schon tot sein.«

Das war Billie klar, aber sie hatte trotzdem das starke Gefühl, dass sie den richtigen gefunden hatten. Manne Lund hatte in ihrem Haus gewohnt. Er musste alles Mögliche wissen. Wenn er nur nicht schon senil und verwirrt war. Dann würde er nicht mehr allzu viel erzählen können.

»Wir essen in einer halben Stunde«, sagte Josef. »Bitte Aladdin um Hilfe und deckt den Tisch.«

Billie tat, was er gesagt hatte. Erst würden sie essen und dann Manne Lund anrufen. Und dann, hoffte Billie, hätten sie alles, was sie brauchten, um ihre Mutter davon zu überzeugen, dass sie wegziehen mussten.

Denn jetzt war Eile geboten. Mehr als je zuvor. Nach dem Besuch bei Martin war sich Billie ihrer Sache sicher: In diesem Haus lauerte irgendeine Gefahr, und es musste jemanden geben, der wusste, was hier los war.

27.

Die Glaskinder«, meinte Aladdin.

Sie hatten das Essen schnell in sich reingeschaufelt und waren dann rauf in Billies Zimmer gerannt, wo sie jetzt saßen und mit leisen Stimmen redeten.

»Du glaubst also, dass es alles mit den Glaskindern zu tun hat, die gestorben sind?«, fragte Billie.

»Ja, und mit dem Mädchen Majken, das sich im Wohnzimmer erhängt hat«, sagte Aladdin.

»Aber was wollen sie?«

»Wer?«

»Die Geister.«

Aladdin fingerte an einem Buch herum, das auf dem Nachttisch lag.

»Wenn es nun vielleicht keine Geister gibt?«, sagte er gedehnt.

Billie war verwirrt.

»Ich dachte, du glaubst auch, dass es Geister sind,

die all die Probleme machen. Das hast du ungefähr vor zwei Sekunden gesagt.«

Aladdin schüttelte den Kopf.

»Ich glaube, dass alles mit den Glaskindern und Majken zu tun hat«, wiederholte er. »Aber das mit den Geistern ... Also, ich habe so viel darüber nachgedacht, seit du von diesen Glasfiguren erzählt hast, die im Fenster standen. Ist das denn wirklich etwas, was Geister tun?«

»Aber wer denn sonst?«, fragte Billie lauter als beabsichtigt. »Wer könnte ins Haus kommen, ohne dass wir es merken, und komische Sachen machen, wie Zeitschriften hinlegen, Nachrichten hinterlassen oder Glasfiguren hinstellen?«

»Jemand mit einem Schlüssel. Genau wie wir es zu Anfang gedacht haben, als keiner von uns an Geister geglaubt hat.«

»Und wer sollte das sein?«

»Denk doch mal nach. Das hier ist ein altes Haus, in dem schon jede Menge Leute gewohnt haben. Habt ihr das Schloss auswechseln lassen, als ihr eingezogen seid?«

Billie schüttelte den Kopf. Nein, das hatten sie nicht getan.

»Du meinst also, einer der früheren Besitzer hat einen Schlüssel behalten und schleicht jetzt bei Tag und bei

Nacht hier herum, um mich zu erschrecken?«, fragte Billie skeptisch.

Aladdin blieb ernst.

»Klingt das nicht glaubwürdiger, als dass es ein Geist ist? Mal ehrlich, Billie. Glaubst du das?«

Billie wandte den Blick ab. Sie wusste nicht mehr, was sie glauben sollte.

Manne Lund klang wirklich alt. Manchmal musste Billie das Telefon fest ans Ohr pressen, um hören zu können, was er sagte. Aber er schien nicht im Geringsten verwirrt, sondern klang eher froh, dass ihn mal jemand anrief.

»Nein, dass dieses Haus immer noch Elend bei den Menschen anrichtet«, seufzte er, als Billie ihm erzählt hatte, warum sie anrief.

Billie sah Aladdin an, der dicht bei ihr auf dem Bett saß und mitzuhören versuchte, was Manne sagte. Die Tür zu ihrem Zimmer hatten sie zugemacht, um Ruhe zu haben.

»Ich habe einen alten Zeitungsartikel gelesen, in dem stand, dass es in dem Haus einmal gebrannt hat«, begann Billie vorsichtig.

Sie wusste schließlich nicht, wie der alte Mann reagieren würde. Vielleicht wurde er sehr traurig, wenn man ihn an den Brand erinnerte.

»Das ist richtig«, sagte er. »Meine Frau ist damals ums Leben gekommen. Aber mein Sohn und ich haben überlebt.«

Manne Lund klang nicht sonderlich aufgewühlt, weshalb Billie sich traute, noch mehr Fragen zu stellen. Vielleicht lag es daran, dass so viel Zeit vergangen war, und es nicht mehr wehtat, darüber zu sprechen.

»Was ist mit dem Haus geschehen, nachdem es gebrannt hatte?«, fragte sie.

Manne seufzte. Ein bisschen traurig war er also doch.

»Der Junge und ich sind nach Malmö gezogen. Ich konnte mir nicht leisten, das Haus in Åhus zu renovieren, deshalb blieb es einfach so stehen. Natürlich haben sich die Nachbarn beschwert. Die wollten kein ausgebranntes Haus auf dem Nachbargrundstück stehen haben. Aber das war mir egal.«

»Das heißt, Sie haben das Haus verkauft?«, fragte Billie.

»Nein, das habe ich nicht getan. Ich habe es einfach so, in dem Zustand, über fünfzehn Jahre stehen lassen, und dann ist mein Sohn wieder nach Åhus gezogen, um Fischer zu werden. Und da habe ich ihm das Haus überlassen, dafür dass er es repariert und die Teile wieder aufgebaut hat, die von dem Feuer zerstört worden waren.«

Das Haus hatte also gebrannt und dann mehr als fünfzehn Jahre nur modernd dagestanden, ehe sich jemand darum kümmerte. Wenn Billie ein Geist gewesen wäre, dann wäre sie auch ganz schön wütend geworden.

»Hat Ihr Sohn denn in dem Haus gewohnt oder hat er es verkauft?«, fragte sie.

Jetzt merkte Billie zum ersten Mal, wie der alte Herr ein wenig zögerte, als er antwortete. Schließlich sagte er:

»Er hat es verkauft. Aber … Weißt du, mein Sohn war nach dem Brand nie wieder er selbst. Obwohl er so klein war, als seine Mutter starb, ist er in jener Nacht wohl doch ein wenig verrückt geworden. Er glaubt immer noch, das Haus sei heimgesucht, ja, es würde dort spuken.«

Billie dachte, dass er wohl kaum der Einzige war, der so dachte.

»Hat er auch von toten Kindern gesprochen?«, fragte sie.

»Du denkst an die Kinder, die man Glaskinder nannte, die ertrunken sind, oder?«, fragte Manne. »Ja, von denen hat er gesprochen. Er behauptete, die Glaskinder wollten nicht, dass jemand anders in dem Haus wohnt, und sie hätten es damals angezündet. Aber … das war doch nur dummes Gerede. Das Haus ist abgebrannt, weil ich an dem Abend nachlässig mit dem Kamin war. Und diese toten Kinder …«

Billie wartete mit angehaltenem Atem.

»Ja, was soll man sagen? Es war ein schreckliches Unglück, dass sie starben, aber deshalb zu sagen, dass sie immer noch in unserer Welt unterwegs wären, unter uns, die wir atmen und leben, nein, daran glaube ich nicht. Das würde ja bedeuten, dass sie nach ihrem Tod richtig gemein geworden wären, und das ist ganz einfach so dumm, dass man es schier nicht fassen kann.«

Das klang so vernünftig, was der alte Mann sagte. Warum sollten die Kinder gemein geworden sein, nachdem sie gestorben waren? Warum sollten sie plötzlich Menschen krank und unglücklich machen wollen, nur um das Haus für sich allein zu haben? Das war, genau wie Manne sagte, ein richtig dummer Gedanke.

Jetzt klang seine Stimme müde. Billie wurde klar, dass sie nicht mehr viel Zeit hatte. Er würde bald auflegen wollen.

»Wenn die Kinder es nicht sind, die spuken, was ist es dann? Warum haben dann so viele in dem Haus Pech?«, fragte sie.

Das konnte Manne eigentlich nicht wissen, aber es wäre doch interessant zu hören, was er darüber dachte.

Der alte Mann hustete in den Hörer, und einen Moment lang dachte Billie, dass er nicht antworten würde. Doch dann sagte er:

»Es wird ja darüber geredet, dass diese Frau, die sich an der Decke erhängte, auch ein Wiedergänger ist, und dass sie die Menschen aus dem Haus zwingt. Aber ich glaube auch daran nicht. Ich glaube, das sind Zufälle, also so etwas, das einfach passiert. Mein lieber Sohn hat immer noch Angst vor dem Haus, in dem du wohnst, aber das ist doch Unsinn. Es gibt da nichts, wovor man Angst haben müsste. Jedenfalls nicht, wenn man nicht an Gespenster glaubt, und das tue ich nicht.«

Billie stutzte.

»Ihr Sohn hat immer noch Angst vor dem Haus?«, fragte sie. »Heißt das, dass er von Åhus weggezogen ist, oder wohnt er noch hier?«

»Ach, der wird niemals wegziehen«, sagte Manne. »Er ist jetzt Rentner, aber Åhus verlässt er nicht. Es würde mich nicht wundern, wenn er euer Haus auch heute noch beobachtet, so besessen, wie er davon war.«

»Wie meinen Sie das?«, fragte Billie.

Im Hörer war erneutes Husten zu hören, und es klang, als würde im Hintergrund Wasser laufen. Wahrscheinlich wollte Manne etwas trinken, um seinen Husten loszuwerden.

»Wie ich schon gesagt habe, wurde er nach dem Tod seiner Mutter seltsam. Als er nach Åhus zurückkehrte und das Haus wieder aufbaute, hatte er die fixe Idee, dass das Haus genauso aussehen müsse, wie damals, als wir es kauften. Da stand nämlich eine Menge alter Möbel in dem Haus, die ich, als wir einzogen, in den Schuppen gestellt habe. Die Möbel hatten zum Kinderheim gehört und meine Frau und ich fanden sie alt und abgenutzt. Als mein Sohn nach Åhus zurückkehrte, suchte er nach den alten Sachen und verkaufte das Haus möbliert. Er behauptete, das sei eine Methode, die Glaskinder fernzuhalten. Wenn das Haus nur so aussähe wie vorher, dann würden sie nicht so ärgerlich sein.«

Sie hörte Manne leise lachen.

»Kannst du dir so etwas Dummes vorstellen?«, fragte er.

Das konnte Billie. Denn jetzt wurde ihr klar, woher all die Möbel im Haus kamen. Ein neuer Gedanke nahm in ihrem Kopf Gestalt an, und als sie die nächste Frage stellte, konnte sie nur noch flüstern:

»Wie heißt Ihr Sohn?«

Der alte Mann antwortete mit ebenso leiser Stimme.

Und mit einem Mal begann Billie zu begreifen, wie alles zusammenhing.

Als sie aufgelegt hatte, wandte sie sich an Aladdin und sagte:

»Jetzt weiß ich, wer hier im Haus spukt.«

28.

In der Nacht, nachdem Billie mit Manne Lund gesprochen hatte, goss es in Strömen. Billie lag lange wach und lauschte auf die schweren Tropfen, die aufs Dach schlugen, aber trotzdem war sie am nächsten Morgen nicht müde, als sie aufstehen musste.

»Ich nehme heute den Bus in die Schule«, sagte sie zu Josef. »Wir haben Langschläfermorgen und ich muss nicht vor zehn Uhr in der Schule sein.«

Josef sah erstaunt aus und schaute auf ihren Stundenplan, der am Kühlschrank klebte.

»Das hast du nicht«, meinte er.

»Doch, denn die frühen Mathestunden fallen aus, weil unser Lehrer zum Arzt muss. Er kommt um zehn zurück, dann haben wir Englisch.«

Billie war eigentlich keine gute Lügnerin, aber nun log sie, als ob sie nie etwas anderes gemacht hätte. Josef sah immer noch skeptisch aus.

»Kriegt ihr keine Vertretung, wenn der Lehrer nicht da ist?«

»Nicht, wenn es nur um zwei Stunden geht. Wenn du mir nicht glaubst, kannst du ja in der Schule anrufen und fragen«, sagte sie und versuchte, verärgert zu klingen.

»Natürlich glaube ich dir!«, sagte Josef. »Ist es denn auch wirklich in Ordnung, wenn du den Bus nimmst? Ich kann auch später zur Arbeit kommen, das ist kein Problem.«

Oh, bitte, bitte, sei so gut und fahr doch einfach, dachte Billie.

Josef zog Schuhe und Jacke an und warf sich die Bürotasche über die Schulter.

»Morgen Nachmittag dürfen wir deine Mutter nach Hause holen. Das wird gut, oder?«, sagte er und lächelte.

Billie nickte. Alles würde gut werden. Alles.

Josef war eben mit seinem Auto vom Grundstück gerollt, da verließ Billie schon das Haus. Sie hatte ihre Jacke an und den Rucksack auf dem Rücken, genau so, als würde sie zur Schule gehen. Ihre Hände zitterten, als sie den Schlüssel im Schloss herumdrehte und dann kräftig zur Bushaltestelle strampelte. Wenn jemand sie sähe, würde es genauso aussehen, als wäre sie auf dem Weg zum Bus, um zur Schule zu fahren.

Aber das war sie nicht. Im Wäldchen hinter der Bushaltestelle wartete Aladdin auf sie.

»Hat dich jemand gesehen?«, fragte er.

»Nein, ich glaube nicht«, sagte Billie.

Ein Weilchen später hielt an der Haltestelle auf der anderen Straßenseite der Bus aus Kristianstad und Simona sprang heraus. Sowie sie bei ihnen war, machten sie sich auf den Weg zurück zu Billies Haus.

Jetzt oder nie würden sie den Geist entlarven. Und sie würden ihn auf frischer Tat ertappen.

Den Plan hatte sich Billie ausgedacht und er war ganz einfach. Sie würden das Haus den ganzen Tag beobachten und darauf warten, dass der, der darin herumspukte, versuchen würde, sich unbemerkt Einlass zu verschaffen. Nach Billies Plan wollten sie die Person dann zur Rede stellen, und wenn das nicht funktionierte, würden sie Josef anrufen und um Hilfe bitten.

Billie war so nervös, dass ihr der Bauch wehtat. Glücklicherweise waren sie zu dritt.

»Woher wissen wir, dass der Geist ausgerechnet heute zuschlagen wird?«, fragte Simona.

»Das wissen wir nicht«, sagte Aladdin, »aber mit etwas Glück passiert es im Laufe des Tages. Wenn nicht, müssen wir uns etwas anderes ausdenken.«

Sie hatten es alle auf unterschiedliche Weise geschafft, am Morgen nicht zur Schule gehen zu müssen, und das fühlte sich ebenso spannend wie schlimm an. Ehe Billie zu Hause weggefahren war, hatte sie in der Schule angerufen und gesagt, sie könne nicht kommen, denn sie müsse ins Krankenhaus gehen und ihre Mutter besuchen. Ihr Lehrer wusste, dass sie krank war, und machte sich sogleich Sorgen. Ging es ihrer Mutter schlechter? Billie fühlte sich nicht wohl dabei, als sie sagte, ja, es wäre ein bisschen schlechter geworden, und deshalb wolle sie bei ihr sein.

»Womöglich könnt ihr hier in Åhus wohnen bleiben, wenn wir den Geist entlarven«, hatte Aladdin am Abend zuvor gesagt, als sie auf Billies Bett gesessen und Pläne geschmiedet hatten.

Billie hatte nicht gewusst, was sie antworten sollte. Sie wollte ja nicht nur wegen des Geistes wieder nach Kristianstad ziehen. Es gab noch so viele andere Gründe, mit den Freundinnen und so. Oder würde sie sich in Åhus zurechtfinden? Würde sie sich hier wohlfühlen können?

Diese Frage war zu schwer, um sie jetzt zu beantworten. Sie musste warten, bis sie den Geist dingfest gemacht hatten. Dann erst würde sie wissen, was sie wollte.

Sie näherten sich Billies Haus durch den Kiefernhain auf der anderen Seite der Straße. Die Bäume standen dicht genug, dass man sich dort würde verstecken können. Billie hatte ihr Fahrrad an der Bushaltestelle gelassen und machte jetzt den Rucksack auf und holte Papas alten Feldstecher heraus. Sie saßen ein gutes Stück von dem Haus entfernt, doch mit Billies Feldstecher konnte man es trotzdem gut sehen. Simona hatte auch eine Art Fernglas mitgebracht, in das man mit nur einem Auge hineinschaute.

»Cooles Fernglas«, sagte Aladdin voller Bewunderung.

Simona lächelte.

Sie setzten sich auf Sitzmatten, die sie mitgebracht hatten. Alle drei hatten sie auch ordentliche Vesperpakete eingepackt. Billie war nur froh, dass es nicht regnete, aber sie wünschte, es wäre nicht so windig und grau. Kam die Sonne nicht heraus, wurde es ganz schön kalt, wenn man den ganzen Tag im Wald saß und sich versteckte.

Es war gerade mal eine Stunde vergangen, als Billie es unbequem fand, auf dem Boden zu sitzen, und aufstand. Sie streckte sich und Aladdin übernahm ihren Feldstecher. Die einzigen Laute, die man im Wald hörte, waren Vögel, die von Baum zu Baum flogen.

Wenn der Geist jetzt nicht erschien? Sie konnten nicht unbegrenzt viele Tage im Wald hocken. Und morgen kam ihre Mutter nach Hause. Da konnte Billie alle Versuche, die Schule zu schwänzen, gleich vergessen. Andererseits würde Mama auch mehrere Wochen krankgeschrieben und zu Hause sein. Da würde sich der Geist sicher fernhalten.

Billie schauderte und stampfte auf der Stelle. Warum musste es auch nur so scheußlich kalt sein? Grade war es doch noch Sommer gewesen.

»Schaut mal!«, zischte Aladdin aufgeregt, und Billie ließ sich sofort nieder.

»Was ist?«, flüsterte Simona und sah durch ihr Fernglas.

Billie griff nach ihrem Feldstecher, aber Aladdin wollte ihn nicht loslassen.

»Ich sehe nichts Auffälliges«, flüsterte Simona.

Aladdin begann zu kichern und gab Billie den Feldstecher.

»Ich auch nicht, ich wollte nur checken, ob ihr wach seid«, sagte er.

Simona fing an zu lachen und Billie gab Aladdin einen kleinen Schlag auf den Arm.

»Jetzt hör aber auf«, sagte sie und versuchte, das Lachen zu unterdrücken.

Dann saßen sie still zwischen den Bäumen und warteten.

Es fing an zu regnen und sie holten ihre Regenjacken raus. Nach einer Weile hörte es wieder auf, aber der Himmel war von Grau in Schwarz übergegangen, und Billie fürchtete, dass es Gewitter geben könnte. In dem Fall würden sie vielleicht aufgeben und sich stattdessen ins Haus setzen müssen.

Wieder fing es an zu regnen und hörte wieder auf. Aladdin sagte, er habe Hunger, und so aßen sie jeder ein Butterbrot. Und dann warteten sie wieder. Die Ferngläser gingen herum. Billie aß einen Apfel zum Nachtisch und ein Kaninchen hoppelte an ihrem Versteck vorbei. Langsam wurden sie alle drei müde.

Kein Tag zur Geisterjagd, dachte Billie. Das war von Anfang an eine bescheuerte Idee gewesen. Wie konnten wir nur glauben, dass es funktionieren würde?

Da hörte sie Aladdin flüstern.

»Jetzt! Seht!«

An seiner Stimme hörte Billie, dass es diesmal ernst war. Ihr Magen krampfte sich zusammen, und sie konnte kaum mehr atmen, als sie zum Haus rübersah. Jemand ging die Treppe hinauf.

»Krieg ich das Fernglas?«, flüsterte sie.

Widerwillig gab Aladdin es aus der Hand.

Und sehr richtig. Es stand jemand auf ihrer Terrasse und machte sich an dem Schloss zu schaffen. Dann ging die Tür auf, und die Person, die der Geist war, trat ins Haus. Und obwohl es regnete, konnte Billie durch das Fernglas sehen, dass sie recht gehabt hatte.

Es war Martin, der ihnen das Haus gezeigt hatte. Er war der Geist.

29.

Sowie Martin die Tür hinter sich zugeschlagen hatte, liefen sie los. Sie schossen hoch und rannten zum Haus. Noch nie in ihrem Leben war Billie so schnell gelaufen, und sie war auch noch nie so wütend gewesen. Wie konnte dieser Martin es wagen, anderen Menschen das Leben schwer zu machen? Ihre Wut war so groß, dass die Angst, die ihr vorher die Bauchschmerzen verursacht hatte, verschwand.

Den jetzt folgenden Teil des Plans hatten sie nicht sonderlich gründlich durchdacht. Das wurde gleich klar. Das Einzige, was sie ausgemacht hatten, war, dass sie ins Haus gehen und den Geist auf frischer Tat ertappen würden. Doch als sie die Treppe hinauf und auf die Terrasse polterten, fragte Billie sich, ob das reichen würde. Warum sollte Martin vor drei Kindern Angst kriegen?

Aber er kriegte Angst. Das sah man. Simona war es, die die Tür aufriss und als Erste ins Haus ging. Aladdin und Billie folgten, und keiner von ihnen machte sich die Mühe, leise oder vorsichtig zu sein.

»Stillgestanden!«, schrie Simona, als sie Martin mit einem Karton im Arm im Gästezimmer erwischten.

Er sah furchtbar erschrocken aus und ließ mit einem lauten Krachen den Karton fallen. Dann stand er nur da und starrte sie an. Doch dabei sah er weder ängstlich noch wütend aus, sondern einfach nur traurig. Als Billie ihm in die Augen sah, erkannte sie so viel Trauer, dass sie nur noch weinen wollte.

Auf dem kleinen Tischchen mit den Steinen lag wieder eine der Zeichnungen, die Billie am ersten Tag, als ihre Mutter und sie eingezogen waren, weggeräumt hatte. Billie ging zum Tisch und las, was auf der Zeichnung stand.

»Die letzte Warnung. Wenn du jetzt nicht aufhörst zu suchen, ist alles aus.«

»Haben Sie das hier geschrieben?«, fragte sie und zeigte auf die Zeichnung.

Es sah aus, als hätte ein Kind die Buchstaben geschrieben, aber das glaubte Billie nicht.

»Ja«, sagte Martin leise. »Das war ich.«

Jetzt mischte sich Zorn mit Verdruss. Was machte der Typ bloß? Und warum?

»Dann haben Sie sich auch hier reingeschlichen und

das alles angestellt?«, fragte sie. »Sie haben nachts an unsere Fenster geklopft?«

Martin nickte stumm und eine einzelne Träne rann ihm übers Gesicht. Billie musste schlucken, um nicht auch loszuheulen.

»Ihr müsst wissen …«, begann Martin. »Ich wollte …«

Seine Stimme erstarb in einem Schluchzen.

»Was denn?«, fragte Aladdin und trat ins Zimmer. »Was muss Billie wissen?«

Martin holte tief Luft.

»Ich wollte einfach nicht, dass es euch übel ergehen würde. So wie mir damals.«

Billie schüttelte den Kopf.

»Sie wollten nicht, dass es uns übel ergeht? Wie das denn? Sie haben doch alles getan, damit ich dieses Haus hasse. Und alle, die vor mir und meiner Mutter hier gewohnt haben, denen ist es übel ergangen. Allen. Da hat sogar mal ein Herd gebrannt. Und hinter all dem haben doch wohl Sie gesteckt, oder?«

»Nein«, sagte Martin. »Nein, ich habe niemals jemandem Leid angetan. Nicht so. Das mit dem Herd muss ein normaler Unfall gewesen sein. Ich wollte nur, dass das Haus leer steht. Denn das wollen sie. Die Glaskinder. Niemand entkommt ihnen. Früher oder später geht es übel aus. Für alle.«

Simona schlug vor, dass sie das Gästezimmer verlassen und sich stattdessen ins Wohnzimmer setzen sollten. Martin sank erschöpft in den alten Sessel von Billies Vater, der eines der wenigen Möbelstücke war, die sie aus der Stadt mitgebracht hatten.

»Ich weiß ja nicht, wie viel euch schon bekannt ist«, begann Martin, »aber ich habe früher einmal in diesem Haus gewohnt. Mit meiner Mutter und meinem Vater.«

»Das wissen wir alles«, unterbrach ihn Aladdin. »Wir haben mit Ihrem Vater gesprochen.«

Nun fiel Martin der Unterkiefer herunter.

»Ihr habt mit meinem Vater gesprochen?«, fragte er erstaunt.

Billie nickte stolz. Wenn sie es genau bedachte, hatten sie mit ziemlich vielen Leuten geredet.

»Dann ist klar, dass ihr eine Menge wisst«, sagte Martin leise.

Er fuhr sich mit der einen Hand über sein Hosenbein, als gäbe es da eine Falte, die er glattstreichen müsse.

Und dann fing er an zu erzählen.

»Ich war fünf Jahre alt, als das Haus brannte und meine Mutter starb. Die Polizei sagte, es sei ein Unfall gewesen, doch als ich älter wurde, erfuhr ich, was für eine Geschichte das Haus hatte. Dass es ein Kinderheim gewesen war, in dem mehrere Kinder gestorben waren und sich außerdem noch eine Kinderpflegerin im Wohnzimmer erhängt hatte.«

Martin verstummte und hob den Blick zur Deckenlampe, die Billie und ihre Mutter aufgehängt hatten.

»Unsere Lampe schwang immer hin und her«, sagte er mit einem Zittern in der Stimme, »und das, obwohl beide Fenster und die Türen geschlossen waren. Das ist mehrmals passiert. Mehr erinnere ich nicht, aber das reicht. Das Haus ist von Toten heimgesucht, die nicht zur Ruhe kommen. Sie wollen nicht, dass jemand anders als sie hier drin wohnt. Sie bestrafen diejenigen, die bleiben. Deshalb haben sie unser Haus niedergebrannt.«

Er verstummte wieder und sah Billie an.

»Deshalb komme ich hierher und spuke. Damit niemand so lange hier wohnen bleiben will, bis was Ernstes geschieht. Bis noch jemand stirbt.«

»Sie lügen«, sagte Billie. »Sie selbst bringen die Lampe zum Schwingen. In diesem Haus gibt es nicht mehr Geister als Sie.«

»Außerdem sind ja durchaus ernste Dinge hier geschehen«, sagte Aladdin und klang empört. »Nehmen wir nur mal die Familie, die vor Billie hier gewohnt hat. Das Mädchen aus der Familie ist fast ertrunken.«

Billie hatte plötzlich einen schlimmen Verdacht.

»Haben Sie versucht, sie zu ertränken?«, fragte sie und mochte Martin dabei kaum ansehen.

Der sah aus, als würde er gleich wieder anfangen zu weinen.

»Die haben so schrecklich lange hier gewohnt«, flüsterte er. »Und alle Möbel rausgetragen. Nur das Mädchen glaubte, dass es spuken würde, und das genügte nicht. Es musste etwas richtig Schlimmes passieren, um sie zu überzeugen. Ich bin unter Wasser getaucht, als sie allein spielte. Dann hab ich sie runtergezogen und festgehalten. Ich hätte sie niemals im Leben getötet. Niemals. Und sie hat auch keinen Schaden genommen, sondern nur Angst gekriegt.«

Simona zog die Beine aufs Sofa.

»Sie sind doch nicht ganz richtig im Kopf«, sagte sie. »Sie haben Menschen wehgetan, damit sie hier wegziehen. Das tut man nicht.«

»Aber es ist mir gelungen«, sagte Martin mit lauter Stimme und klang plötzlich wütend. »Seit meiner Mutter ist hier niemand mehr gestorben. Niemand!«

Es wurde still im Raum. Billie wusste nicht, was sie sagen sollte. Es gab keine Worte für das, was man Martin wahrscheinlich sagen musste.

»Sie glauben also, das Haus ist voller gefährlicher Geister. Also, wirklich?«, fragte Aladdin schließlich.

»Ich glaube nichts. Ich weiß es.«

»Aber der Brand, bei dem Ihre Mutter ums Leben gekommen ist, war ein Unfall.«

»Das war es ganz und gar nicht!«

»Und deshalb haben Sie alle verfolgt, die hier eingezogen sind?«

»Ja.«

»Aber warum haben Sie dann überhaupt das Haus renoviert?«, fragte Billie. »Wenn Sie damals schon wussten, dass mit dem Haus etwas nicht stimmt, warum haben Sie es dann wieder hergerichtet?«

»Weil ich es musste«, sagte Martin. »Verstehst du nicht? Die Glaskinder müssen ihr Kinderheim für sich haben, sonst lassen sie mich nicht in Frieden. Als mein Vater das Haus kaufte, standen in dem Zimmer noch viele Möbel aus dem Kinderheim. Mein Vater hat alles weggeräumt und das Haus drinnen und draußen gestrichen. Das war sein größter Fehler, glaube ich, dass er versucht hat, alles Alte wegzuschaffen. Ehe wir einzogen, hatten die Geister ihren Frieden. Als ich das Haus wieder aufbaute, habe ich alles so gemacht, wie es früher war, nur um die Kinder ruhig zu halten.«

Seine seltsame Erzählung ließ die Gedanken in Billies Kopf frei herumsausen. Sie glaubte nicht, dass es Sinn hatte, noch länger mit Martin zu reden. Es war, wie sein

Vater gesagt hatte: Er hatte an dem, was ihm als kleiner Junge zugestoßen war, Schaden genommen. Traurig, aber wahr. Doch eine Frage wollte sie noch beantwortet haben:

»Wenn Sie nun geglaubt haben, dass das Haus so gefährlich ist, warum haben Sie es dann nicht einfach leer stehen lassen? Warum haben Sie es verkauft?«

Aladdin und Simona nickten zustimmend. Diese Frage hatten sie sich auch gestellt.

»Weil ich Geld brauchte«, seufzte Martin verzweifelt. »Ich hatte keine andere Wahl. Die Bank saß mir im Nacken. Mein Fischereibetrieb lief nicht. Ich musste das Haus verkaufen oder ich würde meine Existenz verlieren. Schließlich wohnte ich nicht hier, sondern in einem anderen Haus. Das wurde zu teuer. Und hier einzuziehen, daran war natürlich überhaupt nicht zu denken. Aber ich habe, wie gesagt, meine Verantwortung wahrgenommen. Wenn eine Familie ausgezogen ist, war ich hier und habe für Ordnung gesorgt, bis die nächste Familie eingezogen ist. Ich habe immer versucht, allen zu helfen, die hier wohnten, und dafür zu sorgen, dass sie rechtzeitig wegkamen. Ehe die Glaskinder sie erwischten.«

Er lehnte sich im Sessel zurück.

»Ihr könnt sagen, was ihr wollt, ich weiß doch, dass ich das einzig Richtige getan habe. Ich war verantwortungsbewusst.«

Billie dachte noch einmal, dass Manne Lund wahrscheinlich recht gehabt hatte, als er sagte, dass Martin in der Nacht, als seine Mutter starb, verrückt geworden war. Das, was er sagte, war so seltsam. Er hatte doch tatsächlich sein ganzes Leben darauf verwandt, Geister zu jagen, die es nicht gab.

»Erzählen Sie doch mal, wie Sie die Lampe zum Schwingen gebracht haben«, sagte sie.

Martin schüttelte den Kopf.

»Aber das habe ich doch schon gesagt«, beteuerte er. »Sie schwingt von selbst. Das schwöre ich!«

Billie sah Aladdin und Simona an. Die schüttelten die Köpfe. Martin log. War doch klar, dass er die Lampe an ihrem Haken zum Schwingen gebracht hatte. Irgendwie.

»Und der Handabdruck im Staub?«, fragte Billie. »Das waren Sie dann wohl auch nicht, was?«

»Doch, das war ich«, sagte Martin. »Ich bin hier reingeschlichen, als du mit deiner Mutter weggefahren bist, und habe mit Hilfe einer Puppenhand einen kleinen Handabdruck gemacht. Und als ich an die Fenster geklopft habe, hab ich eine Leiter benutzt.«

Eine Puppenhand. Und Billie hatte geglaubt, es sei die Hand eines kleinen Kindes.

»Was sollen wir jetzt tun?«, fragte Aladdin.

Billie erhob sich.

»Jetzt werde ich Josef anrufen«, sagte sie.

Sie wandte sich an Martin und fügte hinzu:

»Und Sie warten hier.«

»Ja, natürlich warte ich hier«, flüsterte Martin. »Wohin sollte ich auch gehen?«

30.

Das Laub auf der Erde sah aus, als würde es brennen. Rot und gelb und braun. Billie fand das sehr schön und lief vorsichtig darüber, als sie ihren Umzugskarton in den Anhänger trug, den Josef von einem Freund ausgeliehen hatte.

»Dann müssen wir nur noch auf deine Mutter warten«, sagte Josef, als sie den Karton zu den anderen gestellt hatte.

Billie sog die kühle Herbstluft ein und blinzelte in die Sonne, die sich ausnahmsweise mal am Himmel zeigte.

»Und, fühlt sich jetzt alles gut an?«, fragte Josef.

Bille dachte nach. Doch, es fühlte sich gut an.

»Schön«, sagte Josef. »Aber du willst trotzdem weiter hier in der Stadt in die Schule gehen?«

»Hier hab ich schließlich alle meine Freunde«, meinte Billie.

»Und was ist mit Aladdin?«

»Den treffe ich ja sowieso ganz oft.«

Da kam ihre Mutter aus dem Haus.

»Ein bisschen wehmütig bin ich schon«, sagte sie, als sie sich ins Auto setzten.

Billie sah ein letztes Mal zu dem Haus. Es waren mehrere Wochen vergangen, seit sie, Simona und Aladdin den Geist im Haus entlarvt hatten. Ihre Mutter war wieder gesund geworden, und Billie hatte ihr mit Josefs Unterstützung alles erzählt, was passiert war. Mama hatte sich gar nicht oft genug entschuldigen können, weil sie Billies Geschichten über alles, was des Nachts im Haus geschehen war, nicht geglaubt hatte.

»Du musst solche Angst gehabt haben«, sagte sie wieder und wieder und umarmte Billie, so fest sie nur konnte.

Billie ließ sich umarmen. Denn sie hatte wirklich Angst gehabt. Fast die ganze Zeit.

Josef war in weniger als zwanzig Minuten da gewesen, als Billie ihn an jenem Tag anrief. Und er kam nicht allein, sondern hatte noch einen anderen Polizisten dabei. Sie hörten zu, als Billie und ihre Freunde erzählten, was sie gemacht und herausgefunden hatten. Dann nahmen sie Martin mit auf die Polizeiwache in der Stadt. Später erklärte Josef, dass Martin seine Geschichte selbst erzählt hatte und dass vieles von dem, was er getan hatte, gegen das Gesetz verstieß und dass er dafür vermutlich bestraft werden würde.

Es war natürlich keine Neuigkeit, dass man so etwas nicht tun durfte, aber Billie konnte trotzdem nicht anders, als Mitleid mit Martin zu haben.

»Ich glaube wirklich, dass er dachte, er würde etwas Gutes tun«, sagte sie zu Josef.

»Das glaube ich auch«, meinte Josef. »Aber das macht es leider nicht weniger verboten und falsch. Was wäre gewesen, wenn das kleine Mädchen zum Beispiel ertrunken wäre? Das wäre doch schrecklich.«

Als alles vorüber und ihre Mutter wieder nach Hause gekommen war, waren Billie und Aladdin zu der alten Ella geradelt und hatten ihr erzählt, was geschehen war. Sie hatte ganz still dagesessen und zugehört.

»Und dabei war ich so sicher, dass es in dem Haus richtig spukt«, sagte sie.

»Aber das hat es nicht«, sagte Billie entschieden. »Das war nur dieser Martin, der eine Menge seltsame Sachen gemacht hat.«

Als ihre Mutter wieder gesund war, hatten Billie und sie lange darüber gesprochen, was sie mit ihren beiden Häusern tun würden. Ihre Mutter hatte gesagt, dass sie sehr gern weiterhin in Åhus wohnen würde.

»Ich weiß, dass es dir schwerfällt«, sagte sie zu Billie,

»aber ich glaube trotzdem, dass es besser für uns wäre, nicht weiter in der Stadt zu wohnen. Da gibt es so viele traurige Erinnerungen. Auch viele gute, aber die nehmen wir einfach mit. Den Rest würde ich gern zurücklassen. Was meinst du?«

Billie dachte lange und gründlich nach, und dann sagte sie, dass sie unter zwei Bedingungen mit einem endgültigen Umzug einverstanden wäre.

»Du bekommst, was immer du willst!«, versprach ihre Mutter mit einem breiten Lächeln.

Erst einmal wollte Billie weiter in die Schule in der Stadt gehen. Und dann wollte sie, dass sie die alten Möbel vom Kinderheim rauswarfen und die Möbel aus der Stadt holten. Ihre Mutter ging sofort auf beide Bedingungen ein.

Und so saßen sie jetzt in dem vollgepackten Auto und waren auf dem Weg nach Åhus. Zu ihrem neuen Zuhause.

Sie hatte ihre Mutter wegen Josef gefragt. Ob er und sie zusammen wären und ob er auch im Haus wohnen würde. Da hatte ihre Mutter gesagt:

»Josef und ich sind nur Freunde. Mal sehen, was in der Zukunft geschieht. Vielleicht wird er auch mehr als nur ein Freund, vielleicht auch nicht.«

Als sie auf das Grundstück einbogen, saß Aladdin auf der Treppe und wartete. Er winkte und lief, von einem Ohr zum anderen grinsend, auf das Auto zu.

»Essen von meinen Eltern«, sagte er zu Billies Mutter und drückte ihr eine Plastiktüte in die Hand.

»Das ist aber nett, vielen Dank!«, rief Billies Mutter lachend.

Aladdin und Billie trugen gemeinsam Billies Kisten ins Haus. Ihre Mutter und Josef die anderen.

Das Haus war wie verwandelt, seit sie die alten Möbel rausgeworfen und Wände und Decken neu gestrichen hatten. Viel heller und gemütlicher. Auf der Außenseite war das Haus immer noch fleckig, aber die Farbe hatte aufgehört abzublättern. Ein Anstreicher war dagewesen und hatte sich die Sache angesehen.

»Ich würde mal vermuten, dass die Farbe abgeblättert ist, weil das Haus nicht sauber war, als es neu gestrichen wurde«, sagte er. »Wenn man direkt auf die alte Farbe streicht, dann besteht immer die Gefahr, dass die neue wieder abblättert.«

So war das. Billies Mutter hatte beschlossen, dass sie die Fassade im nächsten Frühling renovieren würden.

Billie packte ihre Sachen aus, während Aladdin auf ihrem Bett saß und in einer Zeitschrift blätterte.

»Was für einen schicken Vater du hattest«, sagte

Aladdin und betrachtete eine Fotografie, die Billie auf den Nachttisch gestellt hatte.

Billie lachte. Das war so typisch Aladdin, ein Wort wie »schick« zu verwenden.

Da rief ihre Mutter.

»Billie, kannst du mal kurz kommen? Du musst mal sagen, ob die Bilder, die wir von Oma und Opa bekommen haben, ins Gästezimmer passen.«

»Komme!«, rief Billie und ging die Treppe hinunter.

Sie hörte Josef und ihre Mutter im Gästezimmer sprechen und steuerte auch dorthin.

Und da geschah es.

Als sie am Wohnzimmer vorbeiging, erstarrte sie. Hatte sie das gerade wirklich gesehen oder war es nur Einbildung? Und wollte sie es wirklich wissen?

Aber es war schon zu spät.

Langsam machte sie kehrt und sah in das Zimmer, in dem sie mit Simona, Aladdin und Martin gesessen hatte. Sie hatte es sich nicht eingebildet.

Die Deckenlampe schwang langsam hin und her.

Als würde jemand daran hängen.

Möchtest du mehr lesen über
Billie, Simona und Aladdin?

Dann gibt es hier die Leseprobe aus

SILBER JUNGE

dem zweiten Band von Kristina Ohlssons
spannender Reihe um die drei Freunde.

1.

Als Aladdin den Jungen mit den kurzen Hosen zum ersten Mal sah, schneite es. Der Himmel war mit dicken Wolken bedeckt und es war kalt. Aladdin wollte mit seiner Freundin Billie zum Schlittschuhlaufen gehen. Das Flüsschen, das durch Åhus verlief, war zugefroren, sodass sich der schmale Streifen Wasser in eine glänzende Eisbahn verwandelt hatte. Aladdins Vater hatte gesagt, er könne sich nicht erinnern, wann das zum letzten Mal der Fall gewesen wäre.

»Jetzt wohne ich bald zehn Jahre in Åhus und nicht ein einziges Mal habe ich erlebt, dass der Fluss schon im November zufriert.«

Aladdin hörte zu und packte derweil ein Butterbrot und eine Thermoskanne mit Kakao in den Rucksack.

Seine Eltern waren aus der Türkei nach Schweden gekommen, als Aladdin noch klein gewesen war, und er konnte sich an überhaupt nichts aus der Zeit davor erinnern. Wenn ihn jemand fragte, woher er käme, dann antwortete er immer: Åhus.

Ausgerechnet an dem Tag, als er den Jungen mit den kurzen Hosen sah, hatte er es eilig. Er war schon spät dran und wollte Billie nicht warten lassen.

Inzwischen war es allerdings kaum mehr seine eigene Schuld, wenn er zu spät kam, sondern die seiner Eltern. Sie hatten schließlich die Idee gehabt, das Haus zu verkaufen und stattdessen in den alten Wasserturm zu ziehen, in dem sich auch ihr Restaurant ›Der Türke im Turm‹ befand.

»Wir sollen im Wasserturm wohnen?«, hatte Aladdin gefragt. »Seid ihr verrückt? Das geht doch nicht!«

»Warum denn nicht?«, meinte Aladdins Mutter. »Uns gehört das ganze Grundstück, wir benutzen aber nur die oberste und die unterste Etage des Turms für das Restaurant. Alle Etagen dazwischen stehen leer.«

Und so kam es auch. Vor ein paar Wochen waren sie eingezogen. Nun musste Aladdin fünf Treppen rauflaufen, um in sein Zimmer zu kommen. Deshalb war er oft spät dran, wenn er sich mit Freunden traf. Seine Mutter machte Witze darüber und sagte, es sei doch nur gut, wenn er kräftige Beine bekäme, aber Aladdin fand das nicht besonders lustig. Schließlich kannte er den eigentlichen Grund für den Umzug.

Das Restaurant lief nicht mehr so gut. Sie verdienten weniger Geld als zuvor, und deshalb hatten sie erst das Haus und dann auch das Hausboot verkauft, in dem sie immer im Sommer gewohnt hatten.

»Manchmal hat man mehr Geld und manchmal weniger«, hatte Aladdins Vater gesagt. »Das ist nichts Besonderes.«

Doch Aladdin sah, dass er sich Sorgen machte, und das fühlte sich überhaupt nicht gut an.

»Jetzt seid aber vorsichtig beim Schlittschuhlaufen«, sagte seine Mutter, als er alle Sachen beisammen hatte. »Denkt dran, dass das Eis nur am oberen Ende des Flusses trägt, nicht unten, wo die Schiffe liegen.«

»Ja, ja«, antwortete Aladdin ungeduldig und wollte losrennen, doch seine Mutter rief ihn zurück.

»Komm nicht zu spät zum Abendessen. Papa und ich möchten etwas mit dir besprechen.«

Sie wirkte ernst. Aladdin runzelte die Stirn.

»Ist was passiert?«

»Lass uns später darüber reden. Viel Spaß mit Billie!«

Dann machte sie kehrt und ging ins Restaurant zurück. Aladdin lief zögerlich die Treppen hinunter. Worüber wollten seine Eltern mit ihm reden?

Genau in dem Augenblick, als er unten aus der Haustür

trat, bemerkte er den Jungen. Er stand ein Stück entfernt und sah zu Aladdin rüber. Der war so erstaunt, dass er fast den Rucksack hätte fallen lassen, den er noch im Arm trug.

»Hallo«, sagte er wie automatisch und ging vor zur Straße.

Der Junge stand neben dem Restaurantschild, das Aladdins Vater aufgestellt hatte. Irgendetwas war komisch an ihm. Obwohl es kalt war, hatte er nur eine kurze Hose und einen Strickpullover am Leib. Die Hosen waren aus einem dicken Stoff gemacht, der ganz so aussah, als würde er kratzen. Er hatte Kniestrümpfe an und schwarze Stiefel aus rissigem Leder. Der Pullover war schwarz-weiß gestreift.

Der Junge erwiderte Aladdins Gruß nicht. Er stand nur da und starrte. Aladdin zögerte. Vielleicht sollte er stehen bleiben, möglicherweise brauchte der Junge Hilfe.

»Hast du dich verlaufen?«, fragte Aladdin.

Er kam sich blöd vor. »Verlaufen«, was sollte das denn? Der Junge sah aus, als wäre er so um die zwölf Jahre alt, so wie Aladdin selbst, da stellte man sich doch nicht in den Schnee und glotzte, wenn man mal den falschen Weg erwischt hatte.

Der Junge antwortete auch gar nicht, sondern wandte

den Blick von Aladdin ab und ging auf den Turm zu. Ob seine Eltern oben im Restaurant saßen?

Doch der Junge mit den kurzen Hosen ging nicht durch die Tür, sondern verschwand um den Turm herum. Aladdin sah auf die Uhr. Eigentlich hatte er gar keine Zeit, über den Kerl nachzudenken, denn er war bereits spät dran. Doch die Neugier war zu groß, er musste einfach nachsehen, wohin der Junge gegangen war.

Schnell schwang er sich den Rucksack auf den Rücken und wollte den Turm umrunden. Doch er kam nicht weit, sondern blieb wie angewurzelt stehen. Der Junge war nirgends zu sehen.

»Hallo?«, fragte Aladdin.

Keine Antwort.

Seltsam.

Verwirrt sah er sich um. Der Junge war wie vom Erdboden verschluckt.

2.

»Was soll das heißen, er ist verschwunden?«, fragte Billie.

Aladdin und sie saßen auf dem Steg am Fluss und zogen sich die Schlittschuhe an.

»Er ist einfach verschwunden«, sagte Aladdin noch einmal. »Ist um den Turm gegangen und dann – puff. Nichts! Er war einfach weg.«

Aladdin war den ganzen Weg zum Fluss gerannt und deshalb kaum zu spät gekommen.

»Wie seltsam«, meinte Billie. »Hat er denn nicht gefroren mit den nackten Beinen?«

»Keine Ahnung«, erwiderte Aladdin. »Er sah eigentlich nicht so aus, und außerdem hatte er lange Kniestrümpfe an, hatte also nicht wirklich nackte Beine.«

»Kniestrümpfe«, kicherte Billie.

Sie band eine letzte Schleife in die Schnürsenkel der Schlittschuhe und stand auf. Auf dem Eis waren bereits jede Menge Leute. Sie beugte sich herab und holte etwas aus einer Plastiktüte, die sie dabeihatte.

Eine Schwimmweste.

Aladdin lachte laut los.

»Willst du die anziehen?«

»Ich muss«, knurrte Billie. »Mama wird sonst superwütend. Ohne Schwimmweste darf ich nicht aufs Eis, hat sie gesagt.«

Billie war fett wie ein Elefant, als sie die Weste über die dicke Winterjacke gezogen hatte. Als sie den Helm aufsetzte, schlug die Mütze in der Stirn Falten.

Sie seufzte unglücklich und Aladdin lachte weiter.

»Jetzt fahren wir mal«, schlug er vor und erhob sich auf wackligen Beinen.

»Mama hat gesagt, wir dürfen nur da fahren, wo wir sicher sind, dass das Eis fest genug ist«, sagte Billie.

»Das hat meine Mutter auch gesagt«, meinte Aladdin.

»Und zum Flüchtlingsschiff dürfen wir auch nicht«, fügte Billie hinzu.

Das Flüchtlingsschiff war ein großer Fischerkahn, der im Hafen lag. Eines Morgens war es, voller Menschen aus einem anderen Land, plötzlich da gewesen und die Zeitungen hatten es Flüchtlingsschiff genannt. Niemand schien zu wissen, was mit dem Boot oder den Menschen, die darauf wohnten, geschehen sollte. Aladdin wusste nicht einmal, woher sie kamen. Aber er wusste, warum sie das Schiff nicht verließen: Sie wollten in Schweden bleiben und in keinem Flüchtlingslager landen. Vielleicht wollten sie, wenn sie Åhus doch wieder verlassen mussten, wenigstens mit dem Boot weiterfahren können.

Der Hafen von Åhus war lang und schmal und verbreiterte sich erst an der Mündung zum Meer. Obwohl der Winter gerade erst begonnen hatte, sehnte sich Aladdin schon nach dem Sommer. Da hatte das Eisboot im Hafen geöffnet und der ganze Ort war voller Menschen. Im Winter wurde Åhus so dunkel und still.

Weder Billie noch Aladdin waren sonderlich gute Schlittschuhläufer, aber es machte trotzdem Spaß. Als sie gerade an einem der Restaurants am Hafen vorbeigefahren waren, kamen zwei größere Jungs viel zu schnell angesaust. Ehe Aladdin sich's versah, kriegte er einen Schubser, verlor das Gleichgewicht und landete bäuchlings auf dem harten und kalten Eis.

»Passt doch auf!«, rief Billie wütend, doch die großen Jungs lachten nur und fuhren weiter.

»Idioten«, murmelte Aladdin und rappelte sich hoch. Als er die Beine streckte, taten ihm die Knie weh.

»Hast du dir wehgetan?«, fragte Billie besorgt.

»Ach, ist schon okay«, sagte Aladdin und bürstete sich den Schnee von den Kleidern.

In diesem Moment bemerkte er den Jungen mit den kurzen Hosen wieder. Auf einer Anhöhe hinter den Restaurants lagen die Reste einer mittelalterlichen Burg. Der Junge stand oben auf der hohen Burgmauer und schaute über das Eis.

»Da!«, sagte Aladdin und streckte den Finger aus. »Siehst du ihn? Den Jungen da oben auf der Mauer?«

Billie sah hin.

»Nein«, antwortete sie, »ich sehe keinen Jungen.«

»Bist du blind oder was?«, fragte Aladdin und sah sie verärgert an. »Da steht er doch, auf der Burg!«

Er zeigte wieder dorthin. Als er ausatmete, kam Nebel aus seinem Mund.

Ganz still stand er auf dem Eis und ließ den Arm sinken.

Der Junge war verschwunden. Schon wieder.

3.

Das Essen duftete nach Knoblauch. Aladdins Eltern hatten Reis und Hühnchen aus dem Restaurant mitgebracht, und als Aladdin wieder zu Hause war, wurde gegessen. Weil er so mit dem verschwundenen Jungen beschäftigt gewesen war, hatte er völlig vergessen, dass die Eltern ja irgendetwas mit ihm besprechen wollten, doch jetzt fiel es ihm wieder ein.

Eine seltsame Stille herrschte um den Esstisch. Überhaupt war es ungewohnt, dass sie alle drei gemeinsam aßen. Das hatten sie lange nicht getan, denn Mama und Papa arbeiteten nahezu die ganze Zeit.

Schließlich sagte Aladdins Mutter:

»Aladdin, sag mal, wir müssen dich etwas fragen … Hast du Essen aus dem Restaurant genommen?«

Aladdin war so erstaunt, dass er kaum wusste, was er sagen sollte.

»Nein«, erwiderte er. »Warum sollte ich?«

Er wusste, dass er nicht einfach so Essen aus dem Restaurant mitnehmen durfte, sondern immer erst um Erlaubnis fragen musste. Und das tat er auch.

»Du musst wissen«, sagte sein Vater und jetzt schienen die Worte ihm leichter über die Lippen zu kommen, »aus der Restaurantküche ist Essen verschwunden.«

»War das viel?«, fragte Aladdin.

»Ziemlich viel«, sagte seine Mutter. »Erst haben wir nicht groß darüber nachgedacht, aber heute waren plötzlich die Mirja-Fleischbällchen weg. Und das war gar nicht gut, denn da mussten die Leute warten, bis ich neue gemacht hatte.«

Mirja-Fleischbällchen nannten seine Eltern die Fleischbällchen, die nach dem Rezept von Aladdins türkischer Großmutter gemacht wurden. Da viele ihrer Gäste diese Fleischbällchen besonders mochten, sorgte der Vater immer dafür, dass ein ordentlicher Vorrat davon im Kühlschrank war.

»Das ist doch wirklich komisch«, meinte Aladdin. Er wusste nicht, was er sagen sollte. Glaubten seine Eltern, dass er zum Dieb geworden war? Das fühlte sich gar nicht gut an.

»Warum glaubt ihr denn, dass ich das Essen genommen habe?«, fragte er. »Das kann doch jeder gewesen sein.«

Seine Eltern fingen sofort an, sich gegenseitig ins Wort

zu fallen, sodass er kaum noch verstand, was sie eigentlich sagten.

»Es ist nur, dass das jetzt schon mehr als eine Woche so geht«, sagte seine Mutter. »Essen, das am Abend noch im Kühlschrank steht, ist am nächsten Morgen weg. Und es gibt nicht viele, die nachts Zugang zur Küche haben.«

Das stimmte natürlich. Die Einzigen, die ins Restaurant konnten, wenn es geschlossen war, waren Aladdins Eltern und er selbst. Doch dann fiel ihm etwas ein.

»Mats hat doch auch einen Schlüssel.«

Mats war das »Mädchen für alles« im Restaurant. Er kaufte ein, putzte und spülte. Manchmal reparierte er auch Sachen.

»Daran haben wir auch schon gedacht«, meinte sein Vater. »Aber du weißt doch, Mats ist loyal. Er würde so etwas nicht tun.«

Da konnten sie nicht so sicher sein, dachte Aladdin.

»Vielleicht hat er jemandem den Schlüssel ausgeliehen?«, schlug Aladdin vor. »Jemandem, der dann gestohlen hat, ohne dass Mats etwas davon wusste?«

Seine Eltern sahen beunruhigt aus.

»Vielleicht ist das so«, sagte sein Vater. »Aber dann möchte ich gerne wissen, warum er unsere Schlüssel an einen Fremden ausleiht.«

Seine Mutter sah Aladdin mit freundlichem Blick an.

»Ich hatte fast gehofft, dass du es gewesen bist, der das Essen genommen hat, mein Lieber«, sagte sie. »Ich dachte, dass du vielleicht einen Freund mit Problemen zu Hause hast, dem du helfen willst. Aber so war es also nicht.«

Nein, so war es nicht.

Aladdin saß eine Weile schweigend da. Er hatte das Gefühl, als würden seine Eltern etwas vor ihm verbergen, etwas, das größer war als die Sache mit dem verschwundenen Essen.

»Ist noch mehr passiert?«, fragte er schließlich.

Seine Eltern sahen einander an und dann zu Aladdin.

»Na ja«, sagte sein Vater. »Vielleicht. Oder … das ist nichts, worüber wir zu viel reden sollten. Aber du weißt doch, dass wir in der letzten Zeit Probleme gehabt haben. Mit dem Geld, meine ich.«

Aladdin nickte.

»Deshalb haben wir das Haus und das Boot verkauft«, ergänzte er.

»Genau«, sagte seine Mutter. »Es ist nur so, dass die Dinge nicht wirklich besser geworden sind. Eher schlechter.«

»Schlechter?«

»Wie gesagt, davon wollen wir nicht reden«, warf sein Vater rasch ein.

»Aber ...«, begann Aladdin.

Seine Mutter schüttelte den Kopf.

»Das sind Erwachsenendinge, Aladdin«, sagte sie. »Nichts, worüber du dir Gedanken machen musst. Denk lieber über die Sache mit dem Essen nach und sag Bescheid, wenn du eine Idee hast, wer es genommen haben könnte. Wenn wir nicht all die anderen Probleme hätten, dann könnten wir über so einen Essensdieb direkt lachen, aber jetzt kommt uns das alles viel schwerwiegender vor.«

Aladdin wollte eben sagen, dass sie sich täuschten und dass es überhaupt nicht nur ein Erwachsenending war, wenn ihnen das Geld ausging. Doch dann musste er wieder an die Sache mit dem Essen denken, und plötzlich fiel ihm ein, dass er jemanden wusste, der vielleicht der Dieb sein könnte.

»Als ich heute zum Schlittschuhlaufen gegangen bin, habe ich einen Jungen gesehen«, erzählte er. »Er hatte kurze Hosen an, obwohl es so kalt war, und stand draußen im Schnee. Vielleicht hat er das Essen gestohlen?«

»Ein Junge? In kurzen Hosen?«, wiederholte sein Vater bedächtig.

Aladdin nickte.

»Ich habe ihn zweimal gesehen, erst unten im Garten und dann beim Fluss. Er stand auf der Burgmauer.«

Seine Mutter glättete ihr Haar, sodass keine Strähnen mehr aus dem Zopf fielen.

»Vielleicht ist das eines der Kinder von dem Flüchtlingsboot«, meinte sie. »Die wohnen ja immer noch dort, all die armen Menschen.«

Aladdins Vater sah fast erleichtert aus.

»Sag Bescheid, wenn du ihn das nächste Mal siehst«, sagte er, »dann können wir mit ihm reden. Ich gebe ihm gern alles Essen, das ich übrig habe, aber es ist besser, wenn er nicht stiehlt. Wenn er es nun war.«

»Aber wie sollte er denn reinkommen?«, fragte Aladdins Mutter. »Die Tür ist abends und nachts doch abgeschlossen.«

»Vielleicht geht er rein, während sie noch auf ist, und versteckt sich dann im Turm, bis wir uns alle schlafen gelegt haben. Hier gibt es doch jede Menge Verstecke.«

»Uh«, sagte seine Mutter. »Ist ja in Ordnung, wenn es nur Kinder sind, die hier herumgeistern, aber das ist wirklich etwas, das wir bedenken sollten: dass die Leute nach dem Abschließen noch im Turm sein können.«

Aladdin fuhr ein Schauer über den Rücken. Jemand schlich nachts in den Turm und stahl Essen. Konnte das wirklich der Junge in den kurzen Hosen sein?

Eigentlich egal, wer das war, entschied er.

Jemand verschaffte sich Zutritt zu ihrem Turm, zu ihrem Zuhause. Ohne um Erlaubnis zu bitten.

Jemand nahm Dinge aus ihrem Restaurant.

Das war nicht nur falsch, sondern auch noch unverschämt.